SUPERBESTSELLER

1026

Della stessa autrice

NELLA NOTTE UN GRIDO
LA CULLA VUOTA
INCUBO
NON PIANGERE PIÙ, SIGNORA
MENTRE LA MIA PICCOLA DORME
LA SINDROME DI ANASTASIA
LE PIACE LA MUSICA, LE PIACE BALLARE
IN GIRO PER LA CITTÀ
UN GIORNO TI VEDRÒ
RICORDATEVI DI ME
DOMANI VINCERÒ
UN COLPO AL CUORE
UNA NOTTE, ALL'IMPROVVISO
BELLA AL CHIARO DI LUNA
TESTIMONE ALLO SPECCHIO
SARAI SOLO MIA
ACCADDE TUTTO IN UNA NOTTE
CI INCONTREREMO ANCORA
UNO SCONOSCIUTO NELL'OMBRA
PRIMA DI DIRTI ADDIO
SAPEVO TUTTO DI LEI
LA FIGLIA PREDILETTA
DOVE SONO I BAMBINI?
UNA LUCE NELLA NOTTE
LA SECONDA VOLTA
QUATTRO VOLTE DOMENICA
LA NOTTE MI APPARTIENE
CASA DOLCE CASA
DUE BAMBINE IN BLU
HO GIÀ SENTITO QUESTA CANZONE
DIMMI DOVE SEI

Con Carol Higgins Clark

L'APPUNTAMENTO MANCATO
IL LADRO DI NATALE
UNA CROCIERA PERICOLOSA

MARY HIGGINS CLARK
CAROL HIGGINS CLARK

Ti ho guardato dormire

SPERLING & KUPFER *economica*

Traduzione di Maria Barbara Piccioli
He Sees You When You're Sleeping

I edizione «Superbestseller» Paperback ottobre 2005
Copertina: Illustrazione di Julie Scott

ISBN 978-88-6061-295-3
86-I-09

IV EDIZIONE

Dedichiamo questo libro
alle vittime della tragedia dell'11 settembre 2001,
alle famiglie e agli amici che le amavano,
e ai soccorritori che hanno rischiato
la loro stessa vita per aiutarle.

Ringraziamenti

È con enorme gratitudine che ringraziamo:

I nostri editor Michael Korda, Chuck Adams e Roz Lippel.
La nostra addetta stampa Lisl Cade.
I nostri agenti Gene Winick, Sam Pinkus e Nick Ellison.
I nostri copyeditor Gypsy da Silva e Carol Catt.
I nostri sostenitori a casa John Conheeney, Irene Clark, Agnes Newton e Nadine Petry.
E, naturalmente, voi, i nostri lettori.

Siate benedetti tutti quanti.

Non c'è niente di peggio che assistere ai preparativi per una grande festa a cui non si è stati invitati. Ed è addirittura terribile, pensava Sterling Brooks, se la festa si tiene in paradiso. Da quarantasei anni terreni era costretto ad aspettare nella sala d'attesa celeste, appena fuori dei cancelli del paradiso. Ora sentiva il coro provare i canti che avrebbero dato inizio alle celebrazioni della vigilia di Natale.

Tu scendi dalle stelle...

Sterling sospirò. Aveva sempre amato quella canzone. Si guardò intorno. Le file di panche erano affollate di anime in attesa di essere convocate alla presenza del Consiglio Celeste. Bisognava rispondere di ciò che si era fatto o si era omesso di fare, in vita, prima di venire ammessi in paradiso.

Sterling era lì da più tempo di chiunque altro e si sentiva un po' come quei bambini che le madri dimenticano di andare a prendere a scuola. Di solito si sforzava di mostrarsi allegro e cordiale, ma negli ultimi tempi si sentiva sempre più solo e triste. Nel corso degli anni, dal suo posto vicino alla finestra aveva guardato passare tante persone che aveva conosciuto sulla terra, e gli era capitato di reagire con sorpresa e, a volte, anche con irritazione vedendo che nessuna di loro veniva trattenuta in sala d'attesa. Perfino il tizio che aveva frodato il fisco e mentito sui suoi punteggi a golf aveva sorvolato con leggerezza il ponte che separava la sala dai cancelli del paradiso.

Ma era stata la vista di Annie a spezzargli il cuore. Un paio di settimane prima, la donna che aveva amato ma non sposato, la donna che aveva sempre tenuto sulla corda, aveva veleggiato davanti a lui, giovane e carina come il giorno del loro primo incontro. Sterling si era precipitato al banco delle informazioni e aveva chiesto di Annie Mansfield, l'anima che si era appena librata accanto alla finestra di osservazione. L'angelo aveva controllato sul computer prima di rispondere: «È morta pochi minuti fa, il giorno del suo ottantasettesimo compleanno. Un infarto, mentre soffiava sulle candeline. Che vita esemplare ha condotto. Onesta, generosa, altruista».

«Era sposata?» aveva chiesto lui.

L'angelo aveva premuto qualche tasto e mosso il cursore, come un addetto al check-in che verifichi una prenotazione. Si accigliò. «È stata fidanzata per un bel pezzo con un imbecille che le ha spezzato il cuore morendo all'improvviso. È crollato nel bel mezzo di una partita a golf.» Spostò di nuovo il cursore e alzò gli occhi. «Oh, sei tu. Scusa.»

Sterling si sistemò meglio sulla sedia. Da quel giorno aveva riflettuto molto sulla sua vita terrena e alla fine aveva dovuto riconoscere di aver vissuto i suoi cinquantun anni pensando solo a se stesso, senza mai assumersi una responsabilità e stando bene attento a tenersi lontano dalle realtà sgradevoli e dai fastidi. «Ho fatto mio il motto di Rossella O'Hara: 'Domani è un altro giorno'», aveva ammesso.

L'unica volta che aveva avuto un fremito era stato quando si trovava in lista d'attesa per l'ammissione alla Brown University. Tutti i suoi amici avevano ormai ricevuto la lettera del college che avevano scelto, con un messaggio di benvenuto e la raccomandazione a iscriversi al più presto, invece lui aveva ricevuto la telefonata di un funzionario della Brown che gli confermava la sua ammissione solo qualche giorno prima dell'inizio della scuola. Quella chiamata aveva messo fine ai quattro mesi e mezzo più lunghi della sua vita.

Sterling sapeva che il motivo per cui era stato ammesso all'università solo all'ultimo momento era che, pur possedendo un'intelligenza vivace ed eccellenti doti atletiche, non poteva certo vantare una carriera scolastica brillante.

A quel punto si sentì invadere da un senso di gelo. Allora era riuscito a entrare nel college che aveva scelto, ma forse adesso non sarebbe stato altrettanto fortunato. Aveva già fatto notare all'angelo di guardia ai cancelli che molti di quelli arrivati dopo di lui erano già stati convocati. Forse una svista? aveva suggerito. Gli era stato risposto, cortesemente ma con fermezza, di tornarsene al suo posto.

Desiderava tanto essere in paradiso per la vigilia di Natale! L'espressione dipinta sui volti delle persone che si vedevano spalancare davanti i cancelli del paradiso lo aveva riempito di stupore. E adesso con loro c'era anche Annie.

L'angelo addetto alla porta richiamò l'attenzione dei presenti. «Ho buone notizie. A coloro di cui leggerò i nomi è stata concessa l'amnistia natalizia. Non dovranno comparire davanti al Consiglio Celeste, ma potranno raggiungere direttamente l'uscita di destra, che conduce al ponte. Alzatevi e mettetevi in fila a mano a mano che sentirete chiamare il vostro nome... Walter Cummings...»

Poco distante, un arzillo novantenne fece un saltello battendo i tacchi per aria. «Alleluia!» gridò facendosi avanti.

«Ho detto in fila», gli ricordò l'angelo in tono rassegnato. «Benché non possa biasimarti», aggiunse a fior di labbra prima di passare al nome successivo. «Tito Ortiz...»

Con un grido di gioia, Tito si buttò sulla scia di Walter.

«Jackie Mills, Dennis Pines, Veronica Murphy, Charlotte Green, Pasquale D'Amato, Winthrop Lloyd III, Charlie Potters, Jacob Weiss, Ten Eyck Elmendorf...»

Nome dopo nome, le panche si andavano svuotando.

Quando alla fine l'angelo ripiegò il foglio, era rimasto solo Sterling.

Gli occhi gli si riempirono di lacrime. Così deserta, la sala d'aspetto sembrava enorme e solitaria. Devo essere stata una persona terribile, considerò. Forse, dopotutto, non sono destinato al cielo.

Poi l'angelo si mosse verso di lui. Oh, no, pensò Sterling in preda al panico, fa' che non mi dica che devo andare altrove. Per la prima volta si rese conto di cosa significasse sentirsi completamente inermi e disperati.

«Sterling Brooks», disse l'angelo, «sei stato convocato a una seduta straordinaria del Consiglio Celeste. Seguimi.»

Un timido barlume di speranza si fece strada nell'animo di Sterling. Forse, soltanto forse, aveva ancora una possibilità. Si alzò e seguì l'angelo fino alla porta. Lì, il suo accompagnatore gli bisbigliò con fare comprensivo: «Buona fortuna», prima di aprire e spingerlo all'interno.

La sala, non molto grande, era inondata da una morbida luminosità che Sterling non aveva mai visto. La vetrata che correva dal pavimento al soffitto si affacciava sui cancelli del paradiso e lui si rese conto che la luce proveniva da quella direzione.

Quattro uomini e quattro donne sedevano a un lungo tavolo di fronte a lui. Le aureole luminose indicavano che erano santi.

Il loro abbigliamento variava da tonache bibliche ad abiti del ventesimo secolo, e Sterling intuì che erano vestiti secondo il costume dell'epoca in cui erano vissuti.

Il primo a prendere la parola fu un monaco dal viso solenne.

«Siediti, Sterling. Abbiamo un incarico per te.»

Lui sedette, acutamente conscio degli occhi fissi su di sé.

Una delle donne, che indossava un elegante vestito in velluto rosso e un diadema, disse con voce raffinata: «Hai avuto una vita facile, non è vero, Sterling?»

Anche tu, sembrerebbe, pensò lui, ma tenne a freno la lingua, accontentandosi di annuire con aria docile. «Sissignora.»

Il monaco lo guardava con severità. «Pesante è la corona sulla testa di chi la porta. Sua maestà ha fatto molto per i suoi sudditi.»

Mio Dio, rabbrividì Sterling. Mi leggono nel pensiero.

«E tuttavia non ti sei mai realmente prodigato per nessuno», riprese la regina.

«Eri un amico buono solo per i tempi felici», intervenne un uomo vestito da antico pastore, il secondo da destra.

«Passivo-aggressivo», rincarò un giovane matador, strappando un filo dalla sua cappa rossa.

«Che cosa significa?» ansimò Sterling, spaventato.

«Oh, scusa. Questa espressione terrena è entrata nel linguaggio comune dopo il tuo tempo. Attualmente è molto popolare, credimi.»

«E copre una moltitudine di peccati», mormorò una bella donna che a Sterling fece venire in mente Pocahontas.

«Aggressivo?» ripeté sorpreso. «Non ho mai perso la calma, neppure una volta.»

«Passivo-aggressivo ha un altro significato. Tu ferivi i tuoi simili *omettendo* di fare le cose. E facendo promesse che non avevi alcuna intenzione di mantenere.»

«Eri concentrato solo su te stesso», intervenne una suora dal viso dolce. «Eri un buon avvocato, ma risolvevi solo i piccoli problemi dei molto ricchi, e non hai mai messo la tua esperienza al servizio dei poveri sfortunati che, non per loro colpa, perdevano la casa o il negozio. Ancora peggio, a volte eri tentato di farlo, e poi decidevi di lasciar perdere.» Scosse la testa. «Pensavi solo a renderti le cose facili.»

«Il classico tipo che salta per primo sulla scialuppa quando la nave affonda», saltò su un uomo vestito da ammiraglio inglese. «Uno zoticone, per mille pipe. Che diamine, non hai mai neppure aiutato una vecchietta ad attraversare la strada.»

«Non mi è mai capitato di vederne una!»

«Proprio così», replicarono all'unisono i santi. «Eri troppo borioso e assorbito da te stesso per accorgerti di quello che accadeva intorno a te.»

«Mi dispiace», mormorò umilmente Sterling. «Pensavo

di essere un tipo abbastanza a posto. Non ho mai avuto l'intenzione di danneggiare nessuno. C'è qualcosa che posso fare per rimediare?»

I membri del consiglio si guardarono.

«Possibile che sia stato tanto malvagio?» gridò quasi Sterling. Indicò la sala d'attesa. «In tutto questo tempo ho parlato con molte delle anime che ho visto passare. Non erano tutti dei santi! A proposito, ho visto un tizio che ha truffato il fisco andare direttamente in paradiso. Forse vi è sfuggito.»

I santi risero. «Certo, come no. Eravamo andati a bere il caffè. Comunque, quell'uomo ha devoluto molto del suo denaro in beneficenza.»

«E per quanto riguarda i suoi imbrogli a golf?» si ostinò Sterling. «Io non ho mai fatto come lui. Dopo tutto, sono morto proprio a causa di una pallina da golf che mi è arrivata in testa, eppure ho perdonato il responsabile. Non tutti sarebbero stati così indulgenti.»

Però mentre parlava pensava a tutte le innumerevoli volte in cui aveva deluso qualcuno. Annie soprattutto. Era stato troppo egoista per sposarla ma, non desiderando perderla, aveva continuato a farla sperare. E quando lui era morto, era troppo tardi perché lei potesse farsi la famiglia che aveva sempre desiderato. E ora Annie era in paradiso; doveva rivederla.

Sterling non si era mai sentito tanto miserabile. Doveva conoscere il destino che lo aspettava. «Che cosa state cercando di dirmi?» chiese. «Riuscirò mai a entrare in paradiso?»

«Strano che tu lo abbia chiesto», rispose il monaco. «Abbiamo discusso il tuo caso a lungo, e siamo giunti alla conclusione che sei il candidato ideale per l'esperimento che vogliamo fare.»

Sterling si rianimò. Non tutto era perduto, dunque.

«Vado pazzo per gli esperimenti», dichiarò entusiasta. «Sono l'uomo giusto per voi. Mettetemi alla prova. Quando comincio?» Si interruppe, rendendosi conto che si stava comportando come un bambino impaziente.

«Stai zitto e ascolta attentamente. Verrai rimandato sulla terra, e lì dovrai trovare qualcuno in difficoltà e aiutarlo.»

«Rimandato sulla terra!» Sterling era stupefatto.

Otto teste annuirono contemporaneamente.

«Per quanto tempo dovrò restarci?»

«Il tempo necessario a compiere la tua missione.»

«Questo significa che se farò un buon lavoro sarò ammesso in paradiso? Mi piacerebbe tanto esserci per Natale.»

I santi parevano divertiti. «Non così presto», disse il monaco. «Per usare il linguaggio di questo tempo, ne deve passare di acqua sotto i ponti prima che tu possa oltrepassare i sacri cancelli. In ogni caso, se porterai a termine in modo soddisfacente questa prima missione entro la vigilia, riceverai un permesso di ventiquattro ore.»

L'entusiasmo di Sterling si affievolì un poco. Oh, be', cercò di consolarsi, tutti i grandi viaggi cominciano con un piccolo passo.

«Farai bene a ricordarlo», lo mise in guardia la regina.

Sterling trasalì. Non doveva dimenticare che potevano leggergli nel pensiero. «Come farò a riconoscere la persona da aiutare?» domandò.

«Questo fa parte dell'esperimento. Dovrai imparare a individuare le necessità della gente e ad agire in modo da soddisfarle», spiegò una giovane nera vestita da infermiera.

«Potrò contare su qualche aiuto? Voglio dire, avrò qualcuno a cui rivolgermi in caso di dubbio? Farò il possibile per svolgere al meglio il mio compito.»

Ecco che ricomincio a parlare a vanvera, si disse.

«In qualunque momento potrai consultarti con noi», gli assicurò l'ammiraglio.

«Quando comincio?»

Il monaco pigiò un pulsante sul tavolo. «Subito.»

Sterling sentì una botola che si apriva sotto di lui. In un istante fu proiettato oltre le stelle, intorno alla luna, attraverso le nubi e subito dopo si ritrovò a rasentare un enorme albero di Natale. I suoi piedi toccarono terra.

«Mio Dio», ansimò. «Sono al Rockefeller Center.»

I capelli scuri di Marissa le ricadevano sulle spalle mentre piroettava nella pista di pattinaggio del Rockefeller Center. Aveva appena tre anni quando aveva cominciato a prendere lezioni, e ora che ne aveva sette, anzi quasi otto, scivolare sul ghiaccio le veniva naturale come respirare. Anzi, da un po' di tempo, quello per lei era il solo modo per alleviare il dolore che la opprimeva.

La musica cambiò e automaticamente la bambina si adeguò al nuovo ritmo, quello di un valzer. Per un momento finse di essere con papà, e quasi le sembrò di sentire le sue mani intrecciate alle proprie, quasi le parve di vedere NorNor, sua nonna, che le sorrideva.

Poi ricordò che in realtà non aveva nessuna voglia di pattinare e tanto meno di parlare con loro. Papà e NorNor se ne erano andati senza quasi salutarla. Durante le prime telefonate, lei li aveva supplicati di tornare o almeno di lasciarla andare a trovarli, ma loro avevano sempre sostenuto che era impossibile. Ora, quando chiamavano, Marissa si rifiutava di parlargli.

Non me ne importa niente, pensò.

Eppure, continuava a chiudere gli occhi ogni volta che in auto passava davanti al ristorante della nonna; le faceva male ricordare quanto si divertiva lì con papà. Il locale era sempre affollato, a volte NorNor si metteva al piano e i clienti chiedevano sempre a papà di cantare. Altre volte arrivavano con un CD e gli chiedevano di firmare la copertina.

Ora lei non ci andava più. Aveva sentito la mamma dire a Roy – era lui suo marito, adesso – che senza NorNor il ristorante era in difficoltà e probabilmente avrebbe chiuso.

Che cosa si aspettavano papà e NorNor quando se n'erano andati? si chiedeva Marissa. La nonna diceva sempre che senza di lei il locale non avrebbe avuto una sola chance. «È il mio salotto», aveva spiegato alla nipotina. «Non inviti la gente per poi non farti trovare in casa.»

Ma se amava tanto il ristorante, perché se n'era andata? E se lei e papà la amavano come sostenevano, perché l'avevano lasciata?

Non li vedeva da quasi un anno. La vigilia di Natale era il suo compleanno, e anche se era ancora molto arrabbiata con loro, aveva promesso a Dio che se fossero tornati sarebbe stata sempre buona e avrebbe aiutato la mamma con i gemelli e smesso di infastidirsi quando Roy raccontava per l'ennesima volta le sue stupide storielle. Sarebbe stata disposta perfino a rinunciare al pattinaggio, ma sapeva che suo padre non avrebbe voluto che lo facesse, e che, se davvero fosse tornato, avrebbe senza dubbio voluto pattinare di nuovo con lei.

La musica cessò e la signorina Carr, l'insegnante che aveva organizzato quella gita per i suoi dodici alunni, disse che era ora di andare. Marissa fece un'ultima piroetta prima di dirigersi verso l'uscita. Aveva appena cominciato a slacciarsi i pattini quando il dolore tornò. Lo sentì lievitare intorno al cuore e invaderle il petto, per poi salire come una marea fino alla gola. Solo a fatica riuscì a impedirgli di raggiungere gli occhi.

«Sei una pattinatrice bravissima», le disse uno degli inservienti. «Da grande diventerai una stella come Tara Lipinsky.»

Era quello che le diceva sempre NorNor, e questa volta Marissa non riuscì a evitare che gli occhi le si inumidissero. Girò la testa per nascondere le lacrime e si ritrovò a fissare un uomo, fermo in piedi dietro la recinzione della pista. Aveva un pesante cappotto e un buffo cappello, ma il viso era gentile e le stava sorridendo.

«Vieni, Marissa», la chiamò la signorina Carr e lei, nel percepire una lieve tensione nella sua voce, cominciò a correre per raggiungere i compagni.

«Familiare e al tempo stesso diverso», mormorò tra sé e sé Sterling guardandosi intorno. Tanto per cominciare, il Rockefeller Center era molto più affollato di quanto ricordasse; sembrava che ogni centimetro fosse stipato di gente. Parecchi lo attraversavano velocemente portando borse piene di regali mentre altri si fermavano a contemplare il grande albero di Natale.

Che sembrava più piccolo rispetto all'ultima volta che lo aveva visto, quarantasei anni prima, e più illuminato. Era senz'altro magnifico, ma quella luce era molto diversa da quella che riempiva la sala d'attesa celeste.

Benché fosse cresciuto nella Diciassettesima Strada e avesse vissuto gran parte della sua vita a Manhattan, Sterling si sentì invadere da una profonda nostalgia per l'aldilà. Doveva trovare al più presto la persona che aveva bisogno del suo aiuto, così da poter portare a termine la sua missione.

Due bambini correvano verso di lui. Sterling si fece da parte per lasciarli passare, e così facendo urtò una donna che stava ammirando l'albero.

«Chiedo scusa», disse mortificato. «Spero di non averle fatto male.» Lei non lo guardò, e non diede segno di averlo sentito.

Sono invisibile, comprese allora, e per un momento si sentì sopraffare dallo sgomento. Come posso aiutare qualcuno se non posso farmi sentire né vedere? si chiese. Il Consiglio mi ha proprio lasciato solo, ad arrangiarmi in qualche maniera.

Si mise a osservare le facce dei passanti. Chiacchieravano e ridevano indicando l'albero. Nessuno di loro sembrava in difficoltà. Ricordò allora che l'ammiraglio lo aveva accusato di non aver mai aiutato una vecchietta ad attraversare la strada. Forse ne avrebbe trovata una adesso.

Si incamminò a passo rapido verso la Quinta Avenue, atterrito dal traffico. Oltrepassò una vetrina, poi un'altra, e rimase stupefatto nel cogliere la propria immagine riflessa. Gli altri non potevano vederla, ma lui sì. La studiò attentamente. Non male, vecchio mio, pensò ammirato. Era la prima volta che si guardava da quella fatale mattina in cui era uscito per andare al golf. Prese atto dei capelli sale e pepe che stavano appena cominciando ad arretrare sulla fronte, dei lineamenti vagamente spigolosi, del corpo snello e muscoloso. Portava la sua tenuta invernale: cappotto blu scuro con il colletto di velluto, il suo cappello preferito, una lobbia grigia, e guanti di capretto anch'essi grigi. Decisamente vecchio stile, se paragonato alla gente che lo circondava.

Se potessero vedermi, rifletté, penserebbero che sto andando a una festa in costume.

Arrivato nella Quinta Avenue, guardò verso i quartieri residenziali. Il suo miglior amico lavorava alle American President Lines. L'ufficio non c'era più e solo allora Sterling si rese conto che molti dei negozi e degli edifici che ricordava erano scomparsi. Be', erano passati quarantasei anni, dopo tutto. Ma dov'era la cara, vecchia signora bisognosa del suo aiuto?

Fu come se il Consiglio Celeste lo avesse udito, perché proprio in quel momento scorse un'anziana armata di bastone che scendeva in strada nel momento in cui scattava il rosso. Un azzardo, pensò lui, anche se il flusso delle auto era quasi immobile.

A lunghi passi si precipitò ad aiutarla, ma con sgomento vide che era stato preceduto: un ragazzo aveva notato la signora e l'aveva presa per il gomito.

«Lasciami in pace», sbraitò la donna. «Non sono arrivata alla mia età per farmi rapinare da quelli come te!»

Sibilando qualcosa tra i denti, il giovane la piantò in mezzo alla strada. I clacson strombazzarono ma il traffico si fermò mentre, senza alcuna fretta, l'anziana donna guadagnava il marciapiede.

Evidentemente non era per lei che il Consiglio lo aveva rimandato sulla terra.

Una lunga fila si dipanava davanti alle vetrine di *Saks* e Sterling si chiese che cosa stessero guardando di tanto speciale. Quelle vetrine esponevano solo capi di abbigliamento. Con la coda dell'occhio scorse le guglie della cattedrale di San Patrizio e il suo senso di urgenza si acuì.

Vediamo di capirci, pensò. Sono stato rimandato giù perché aiuti qualcuno e mi hanno fatto arrivare al Rockefeller Center. Evidentemente questo significa che devo cominciare le mie ricerche da lì. Si voltò e tornò sui suoi passi.

Con attenzione sempre crescente ricominciò a scrutare i volti delle persone che gli passavano accanto. Si avvicinò una giovane coppia: entrambi indossavano abiti aderenti in pelle nera ma sembrava che fossero stati scalpati e avevano il naso e le sopracciglia trafitti da spille. I tempi erano cambiati davvero.

Mentre si faceva largo tra la folla, Sterling si rese conto di venire nuovamente attratto dall'imponente albero di Natale che costituiva il cuore del Rockefeller Center nel periodo festivo.

Si ritrovò accanto a una coppia vestita in modo più tradizionale. I due si tenevano per mano e sembravano perdutamente innamorati. Pur sentendosi un ficcanaso, Sterling tese l'orecchio. Qualcosa gli diceva che il ragazzo stava per dichiararsi. Coraggio, lo incitò mentalmente. Prima che sia troppo tardi.

«Ho deciso che è arrivato il momento», disse il giovane.

Gli occhi della ragazza splendevano. «Sono pronta anch'io.»

Dov'è l'anello? si chiese Sterling.

«Andiamo a vivere insieme per sei mesi, e vediamo come va.»

La ragazza era radiosa. «Sono così felice», sussurrò.

Scuotendo la testa, Sterling si allontanò. Ai miei tempi non funzionava affatto così. Vagamente scoraggiato, si accostò alla pista di pattinaggio. La musica si stava spegnendo e la gente si dirigeva verso l'uscita. Una bambina effettuò un'ultima piroetta. È brava, notò lui ammirato.

Un istante dopo lei sollevò gli occhi e Sterling vide che stava cercando di trattenere le lacrime. I loro sguardi si incontrarono. Mi vede? si chiese lui. Non poteva esserne certo, ma era sicuro che la bambina aveva avvertito la sua presenza. Lentamente lei pattinò verso l'uscita e, guardando le sue spalle curve, Sterling seppe con certezza che aveva trovato la persona giusta.

La vide infilare le scarpe e puntare verso le scale. Per un momento la perse tra la folla, poi però la scorse salire su un pulmino sulla cui fiancata era scritto MADISON VILLAGE SCHOOLS, parcheggiato sulla Quarantanovesima. Dunque era lì che erano diretti, rifletté, a Long Island. Sentì l'insegnante rivolgersi alla bambina chiamandola Marissa. Senza dubbio la più giovane del gruppo, lei andò dritta verso il fondo e prese posto sull'ultimo sedile, sola. Convinto di non poter essere visto, Sterling la seguì e scivolò nel sedile accanto a lei, sull'altro lato del corridoio. La bambina si voltò più volte verso di lui, come se in qualche modo avesse avvertito la sua presenza.

Sterling si mise comodo. Era in viaggio. Guardò Marissa, che aveva chiuso gli occhi e appoggiato la testa al finestrino. Quale peso opprimeva il suo piccolo cuore? A chi stava pensando?

Non vedeva l'ora di scoprire che cosa stesse succedendo in casa sua.

«Non posso crederci! Un altro Natale con la mamma lontana chilometri.» Eddie Badgett era prossimo alle lacrime. «Mi manca il mio paese. Mi manca la mia mamma. Ho voglia di vederla.»

Il suo viso rubizzo era alterato dal dolore mentre si passava le dita carnose tra i folti capelli brizzolati.

Le feste natalizie, con la loro particolare atmosfera, avevano precipitato Eddie in un profondo malumore che tutte le sue ricchezze terrene, accumulate con lo strozzinaggio e le acrobazie finanziarie, non bastavano a cancellare.

Stava parlando con il fratello Junior che, a cinquantaquattro anni, era di tre più giovane di lui. Junior aveva preso il nome del padre, che aveva trascorso gran parte della vita chiuso in una cella buia in Wallonia, un minuscolo paese confinante con l'Albania.

I fratelli si trovavano nella stanza che il loro costoso arredatore aveva pomposamente adibito a biblioteca, riempiendola di libri che nessuno dei due aveva la minima intenzione di leggere.

La magione dei Badgett, situata su una proprietà di dodici acri lungo la North Shore di Long Island, la cosiddetta Costa d'Oro, era un tributo alla loro capacità di tenere lontani gli altri esseri umani dalle ricchezze duramente guadagnate.

Il loro avvocato, Charlie Santoli, sedeva all'enorme tavolo di marmo, la ventiquattrore posata accanto e una cartella davanti.

Santoli, un ometto azzimato sulla sessantina con un'infelice tendenza a completare la sua toilette quotidiana con dosi massicce di colonia, osservava i suoi clienti con il solito atteggiamento di timore misto a disprezzo.

Gli capitava spesso di pensare che i due assomigliavano rispettivamente a una palla da bowling e a una mazza da baseball. Eddie era piccolo, tarchiato, rotondo e solido. Junior era alto, snello e vigoroso. E, caratteristica ben più sinistra, era in grado di gelare l'atmosfera con un semplice sorriso o addirittura con il sogghigno che lui credeva accattivante.

Charlie aveva la bocca asciutta. Non lo allettava affatto la prospettiva di riferire ai Badgett che non era riuscito a ottenere un altro rinvio per il processo che li vedeva imputati di usura, estorsione, incendio doloso e tentato omicidio. Questo significava che Billy Campbell, un promettente cantante sulla trentina e la sua splendida madre, la ristoratrice ed ex stella del cabaret Nor Kelly, sarebbero stati prelevati dal luogo in cui erano nascosti e condotti davanti alla corte federale. La loro testimonianza avrebbe cacciato Eddie e Junior in celle che avrebbero potuto decorare con fotografie della cara mamma, dato che non avrebbero più avuto la possibilità di vederla di persona. Ma Santoli sapeva che perfino dal carcere i due sarebbero riusciti a far sì che Billy Campbell non cantasse più una sola nota e sua madre non accogliesse più un solo cliente nel suo ristorante.

«Hai troppa paura per parlare», abbaiò Junior. «Ma tanto vale che cominci. Siamo tutti orecchie.»

«Sì», rincarò Eddie, asciugandosi gli occhi e soffiandosi il naso. «Siamo tutti orecchie.»

Il Madison Village era poche uscite oltre Syosset, lungo la Long Island Expressway.

Nel parcheggio della scuola, Sterling scese subito dopo Marissa.

Enormi fiocchi di neve turbinavano intorno a loro.

Un uomo vicino ai quaranta, alto e dinoccolato, con radi capelli biondi, il tipo che la madre di Sterling avrebbe definito «uno spilungone», chiamò la bambina agitando il braccio.

«Qui, biscottino. Presto. Non avevi il berretto? Prenderai un raffreddore.»

Sterling sentì Marissa gemere mentre correva verso una berlina beige parcheggiata tra cinque o sei altri veicoli che a lui parevano più furgoni che automobili.

Ne aveva notati parecchi lungo la strada. Un altro dei molti cambiamenti intervenuti in quei quarantasei anni.

«Ciao, Roy», disse Marissa arrampicandosi sul sedile anteriore. Dietro, Sterling si strizzò tra due sedili così piccoli che erano evidentemente destinati a dei bambini. Che altro escogiteranno? si chiese. Quando ero un marmocchio io, mia madre mi teneva sulle ginocchia e mi permetteva di aiutarla a sterzare.

«Come sta la nostra piccola olimpionica?» chiese Roy allegramente. Sterling si rese conto che stava facendo il possibile per essere carino, e che Marissa non era assolutamente disposta a dargliene atto.

«Bene», rispose infatti senza alcuna traccia di entusiasmo.

Chi era quel tizio? si chiese Sterling. Non può essere il padre. Uno zio, forse? Il fidanzato della madre?

«Allaccia la cintura, principessa», disse ancora Roy in tono troppo allegro.

Biscottino? Olimpionica? Principessa? Questo tizio ha dei modi davvero imbarazzanti, pensò Sterling.

«Fammi respirare», sospirò Marissa.

Sorpreso, Sterling attese la reazione di Roy. Ma non ci fu. L'uomo guardava la strada con attenzione rapita. Teneva le mani strette intorno al volante e procedeva lentissimamente.

Arriverei prima con i pattini, pensò Marissa.

Sterling si sentì insolitamente compiaciuto nel rendersi conto che non solo aveva la capacità di rendersi invisibile, ma anche quella di leggere il pensiero. Il Consiglio Celeste gli aveva evidentemente consentito l'accesso a quei poteri, lasciando però che li scoprisse da solo. Quei santi non intendevano rendergli le cose troppo facili.

Si appoggiò all'indietro, consapevole del fatto che, pur non possedendo più un corpo, era ancora in grado di sentirsi scomodo e a disagio. Aveva avuto più o meno la stessa reazione quando aveva urtato quella donna, vicino alla pista di pattinaggio.

I sette minuti del tragitto fino a casa si svolsero in un

silenzio rotto soltanto dalla radio, che trasmetteva un programma di musica leggera.

Marissa stava pensando alla volta che, in auto con il padre, si era sintonizzata su quell'emittente. «Mi prendi in giro?» era inorridito lui. «Non ti ho trasmesso proprio nulla dei miei gusti musicali?»

«È la radio che ascolta sempre Roy!» aveva gridato lei trionfante, e avevano riso tutti e due.

«Come abbia fatto tua madre a passare da me a lui, non lo capirò mai», si era stupito papà.

Dunque è così, pensò Sterling. Roy è il suo patrigno. Ma dov'è il padre, e perché, quando pensa a lui, la piccola è triste e arrabbiata?

«Roy è andato a prenderla, dovrebbero essere qui da un momento all'altro. Non credo però che vorrà parlarti, Billy. Ho cercato di spiegarle che non è colpa vostra se tu e NorNor dovete stare lontani, ma non ha voluto ascoltarmi.» Denise Ward parlava al telefono con l'ex marito e nello stesso tempo cercava di impedire ai gemelli di due anni di distruggere l'albero di Natale.

«Capisco, ma questa situazione mi sta uccidendo...»

«Roy Junior, molla subito quell'angioletto!» La voce di Denise salì di tono. «Robert, lascia in pace Gesù Bambino. Ho detto... aspetta un momento, Billy.»

A tremila chilometri di distanza, l'espressione preoccupata di Billy Campbell si distese per un momento. Teneva la cornetta leggermente scostata, in modo da far sentire la conversazione anche alla madre. Ora, la guardò inarcando un sopracciglio. «Temo che Gesù Bambino sia volato dall'altra parte della stanza», commentò.

«Scusami, Billy.» Denise era di nuovo all'apparecchio. «Senti, qui c'è un gran caos, i bambini sono eccitatissimi per via del Natale. Forse è meglio che richiami tra un quarto d'ora, anche se temo che sarà inutile. Il fatto è che Marissa non vuole parlare né con te né con Nor.»

«So che hai un sacco da fare, Denise.» La voce di Billy era pacata. «Hai ricevuto i pacchi che abbiamo spedito, ma c'è qualcos'altro di cui Marissa potrebbe avere bisogno? Ti ha parlato di qualcosa che le farebbe particolarmente piacere?»

Si sentì uno schianto, poi il piagnucolio di un bambino.

«Oh, Dio, l'angelo Waterford.» Denise stava quasi piangendo. «Non osare avvicinarti, Robert. Mi hai sentito? Via di lì.» Poi, in tono secco: «Vuoi sapere di che cosa ha bisogno Marissa, Billy? Di te e di Nor, e al più presto. Sono preoccupatissima per lei, e anche Roy. Ci prova in tutte le maniere, ma lei non reagisce in alcun modo».

«Come credi che mi senta io, Denise?» Anche Billy si stava scaldando. «Darei il braccio destro per poter stare con mia figlia. Naturalmente sono grato a Roy per quello che fa, ma è mia figlia e mi manca.»

«Sono fortunata ad aver incontrato un uomo affidabile con un buon posto di lavoro, che non fa tardi la sera per suonare con una rock band e non si ficca in situazioni che lo costringono a lasciare a precipizio la città.» Denise non si fermò a riprendere fiato. «Marissa sta soffrendo, mi hai sentito, Billy? E tra quattro giorni è il suo compleanno. La vigilia di Natale. Non so come si sentirà a non averti qui con lei. Crede di essere stata abbandonata, capisci?»

Nor Kelly vide l'espressione addolorata del figlio, che si portò una mano alla fronte. La sua ex nuora era una buona madre, ma la situazione era troppo pesante per lei. Per il bene di Marissa, voleva che entrambi tornassero a New York, ma se così fosse stato sarebbe precipitata nel panico al pensiero di mettere la bambina in pericolo.

«Le dirò che hai chiamato, Billy. Ora devo riattaccare. Oh, un momento. L'auto è appena entrata nel vialetto. Vado a chiederle se vuole parlarti.»

Una bella casa, pensò Sterling seguendo Marissa e Roy su per le scale. Sempreverdi decorati con lucine azzurre. Una piccola slitta completa di Babbo Natale e otto renne sul prato. Ogni cosa immacolata. Quel Roy era davvero un tipo a posto.

L'uomo spalancò la porta. «Dove sono i miei folletti?» gridò giocosamente. «Roy Junior, Robert, è tornato papà.»

Sterling si affrettò a farsi da parte quando due marmocchi identici, con i capelli color sabbia, si precipitarono verso di loro. In soggiorno, una bionda graziosa dall'aria piuttosto agitata stava parlando in un telefono senza fili, ovviamente un'altra recente invenzione. La donna fece un cenno a Marissa. «Tuo padre e NorNor desiderano moltissimo parlarti, tesoro.»

La bambina la raggiunse in soggiorno, le prese la cornetta dalle mani e, con grande stupore di Sterling, riattaccò. Poi, con gli occhi pieni di lacrime, corse di sopra.

Accidenti! pensò Sterling.

Ancora non sapeva di quale natura fosse il problema, ma non gli sfuggì l'occhiata esasperata che la madre di Marissa scambiò con il marito. Ecco il lavoro giusto per me, decise. È indubbio che la piccola ha bisogno di aiuto *subito*.

La seguì di sopra e bussò alla porta.

«Lasciami in pace, mamma, per favore. Non ho fame e non voglio mangiare.»

«Non sono la mamma, Marissa», disse Sterling.

Sentì la maniglia girare e la porta si aprì lentamente. Marissa lo guardò con gli occhi sbarrati, e da afflitta la sua espressione si fece sorpresa. «Ti ho visto mentre pattinavo e poi di nuovo sul pulmino», bisbigliò. «Poi però non c'eri più. Sei un fantasma?»

Sterling le sorrise. «Non proprio. Direi che sono più simile a un angelo, anche se non sono esattamente quello. Anzi, a dirla tutta, questo è il motivo della mia presenza qui.»

«Vuoi aiutarmi, giusto?»

Guardando gli ansiosi occhi azzurri della bambina, Sterling si sentì invadere dalla tenerezza. «Voglio aiutarti più di qualunque altra cosa al mondo. Per il mio bene come per il tuo.»

«Sei nei pasticci con Dio?»

«Diciamo che in questo momento non è esattamente entusiasta di me. Pensa che non sia ancora pronto per il paradiso.»

Marissa roteò gli occhi. «Conosco un sacco di persone che in paradiso non ci andranno mai.»

Sterling rise. «Ce ne sono alcune che pensavo non ci sarebbero mai andate e che invece ora sono lassù, in compagnia dei migliori.»

«Figurarsi», sospirò Marissa. «Non vuoi entrare? Ho una sedia che era abbastanza grande per il mio papà quando veniva ad aiutarmi a fare i compiti.»

È assolutamente adorabile, pensò Sterling mentre la seguiva nell'ampia camera. E piena di personalità. Era contento che Marissa avesse riconosciuto in lui uno spirito affine, qualcuno di cui potersi fidare. Sembrava già un po' meno infelice.

Si accomodò nella poltrona che lei gli indicò e solo in quel momento ricordò di avere ancora il cappello in testa. «Oh, scusa», mormorò, affrettandosi a toglierlo e ad appoggiarlo sulle ginocchia.

Marissa accostò la sedia della scrivania e vi prese posto con l'aria compita di una padrona di casa. «Vorrei poterti offrire una bibita o qualche biscotto, ma se scendo mi obbligheranno a mettermi a tavola.» Arricciò il naso. «Mi è appena venuta in mente una cosa. Senti la fame? Riesci a mangiare? Perché anche se sembra proprio che tu sia qui, so che non è davvero così.»

«Sto ancora cercando di capirlo», confessò Sterling. «È la prima volta che mi trovo in una situazione come questa. E ora dimmi, perché non hai voluto parlare con il tuo papà?»

Un'ombra calò sul visetto della bambina. «Lui e NorNor non vogliono tornare a trovarmi e nemmeno mi lasciano andare da loro... NorNor è mia nonna. E se loro non vogliono vedermi, allora io non voglio vedere loro.»

«Dove vivono?»

«Non lo so.» Quello di Marissa fu quasi un grido. «Si

rifiutano di dirmelo e la mamma non lo sa. Dice che si nascondono da certe persone cattive che vorrebbero fare loro del male e che non possono tornare finché non saranno di nuovo al sicuro, ma a scuola i bambini dicono che sono finiti nei guai e che sono scappati.»

Qual era la verità? si chiese Sterling. «Quando è stata l'ultima volta che li hai visti?»

«L'anno scorso, due giorni dopo Natale. Papà e io siamo andati a pattinare sul ghiaccio, e per pranzo siamo tornati al ristorante di NorNor. Avevamo in programma di andare al *Radio City Music Hall* la mattina di Capodanno, ma lui e NorNor hanno dovuto partire in gran fretta. Mi ero appena svegliata quando sono venuti a salutarmi. Non mi hanno detto quando sarebbero tornati e ormai è passato quasi un anno.» Si interruppe. «Devo vedere papà. Devo vedere NorNor.»

Ha il cuore spezzato, pensava Sterling, e quello era un tipo di sofferenza che lui poteva capire, così simile a quella che aveva provato lui nel vedere Annie passare nella sala d'attesa del paradiso.

«Marissa...» Qualcuno stava bussando.

«Oh, lo sapevo», sospirò la bambina. «La mamma vuole che scenda a cena. Ma non ho fame e non voglio che tu te ne vada.»

«Ho intenzione di risolvere il tuo problema. Tornerò per darti la buona notte.»

«Promesso?»

«Marissa.» Un altro colpo alla porta.

«Sì, ma in cambio anche tu devi promettermi una cosa», si affrettò a replicare Sterling. «La mamma è molto preoccupata per te; concedile un momento di tregua.»

«Okay. Cercherò di essere brava anche con Roy, e comunque il pollo mi piace.» Poi, a voce più alta: «Arrivo, mamma». Si voltò a guardare Sterling. «Dammi il cinque.»

«Il che?»

Marissa era sbalordita. «Devi essere proprio vecchio. Tutti sanno che cos'è un cinque.»

«Ho perso i contatti», ammise Sterling mentre, seguendo l'esempio della bambina, alzava la mano e la teneva aperta in attesa che lei le allungasse un colpetto entusiasta.

Precoce, pensò con un sorriso. «Ci vediamo dopo», bisbigliò.

«Fantastico. Non dimenticare il cappello. Non voglio essere maleducata, ma è proprio brutto.»

«La cena si raffredda», chiamò Denise.

«La mangiamo sempre fredda», confidò Marissa. «Roy ci mette un'eternità a rendere grazie. Papà dice che la mamma dovrebbe limitarsi ai piatti freddi.»

Aveva già la mano sulla maniglia. «La mamma non può vederti, vero?»

Sterling scosse la testa e scomparve.

Nella sala riunioni celeste, il Consiglio seguiva con interesse i movimenti di Sterling. «Ha stabilito il contatto abbastanza in fretta. Non se la sta cavando male», commentò l'ammiraglio con aria d'approvazione.

«La bambina è talmente infelice», mormorò la suora.

«E che lingua!» si stupì il monaco. «Naturalmente, mi rendo conto che oggi le cose sono diverse. Sterling sta per chiederci un'udienza. Credo che dovremmo concedergliela.»

«Così sia», risposero gli altri in coro.

Immerso nei suoi pensieri, Sterling indugiò qualche istante nel portico della casa di Marissa, al riparo dalla neve che continuava a cadere. Potrei andare a ficcare il naso in giro per vedere di riuscire a scoprire qualcosa, pensava, ma c'è un modo migliore e più veloce per arrivare ad avere un quadro completo, ma richiede l'autorizzazione del Consiglio.

Chiuse gli occhi e, prima ancora di avere avuto il tempo di formulare la richiesta, si ritrovò in sala riunioni. Sollevato, si rese conto che i suoi mentori lo stavano osservando con un certo circospetto favore.

«Ti ho visto cercare di aiutare la vecchia signora in difficoltà», lo apostrofò l'ammiraglio. «Il ragazzo che ti ha preceduto ha avuto una bella sorpresa. Tipetta difficile, quella.»

«Quanto meno, non hai sprecato tempo una volta sulla terra.» Anche la suora sembrava soddisfatta.

Sterling si illuminò in viso. «Grazie, grazie a tutti. Come certamente capite, non voglio perdere neppure un minuto. Credo che potrei aiutare meglio Marissa se avessi un'idea esatta del problema. Il padre e la nonna progettavano di portarla al *Radio City Music Hall*, la mattina di Capodanno, ma qualcosa è andato storto. Sono passati da lei molto presto e le hanno detto che dovevano andare via per qualche tempo.»

Il monaco annuì. «Per arrivare alla radice del problema dovrai scavare nel passato.»

«La maggior parte dei problemi della gente ha origini lontane», intervenne inaspettatamente il pastore. «Avreste dovuto conoscere la mia famiglia. Perché credete che sia diventato un pecoraio? L'unico posto in cui riuscivo ad avere un po' di pace era tra le colline.»

Gli altri risero. «Non fatemi cominciare», sospirò la regina. «I problemi della mia famiglia erano sulla bocca di tutti i sudditi.»

Il monaco si schiarì la gola. «Ti comprendiamo, Sterling, e sappiamo perché sei qui. Vuoi essere autorizzato a tornare indietro nel tempo per scoprire perché il padre e la nonna di Marissa hanno dovuto lasciare la città.»

«Proprio così», ammise umilmente lui. «Forse però pensate che in questo modo le cose sarebbero troppo facili per me, e naturalmente, se questo è il caso, non pretendo favori speciali.»

«Quando capirai di che cosa si tratta, forse qualche favore speciale ti farà comodo», intervenne caustico il matador. «Personalmente, penso che tu stia per entrare nell'arena per affrontare due tori, non uno, e...»

Il monaco lo zittì. «Tocca a lui arrivarci da solo.» Poi allungò la mano verso il pulsante.

È stato rapido, pensò Sterling mentre ancora una volta veniva scaraventato attraverso il sistema solare. *Chissà dove mi stanno mandando.*

Subito dopo, si trovò nel parcheggio di un ristorante dall'aspetto gradevole. *Sembra piuttosto in auge*, considerò. Attraverso le finestre, infatti, poteva vedere che all'interno ferveva l'attività. Si diresse verso l'entrata e lesse l'insegna: NOR'S PLACE.

Bene, pensò allora. *Il ristorante della nonna di Marissa.* Non c'era bisogno di essere Sherlock Holmes per capire che doveva entrare e dare un'occhiata in giro. Salì i gradini, attraversò la veranda e aprì la porta.

Si fermò. *Perché sprecare energie?* pensò. Una folata di vento lo accompagnò all'interno, dove una bella donna sulla sessantina, i capelli biondi raccolti in una treccia e trattenuti da un fermaglio arricchito da pietre preziose, era in piedi dietro a una piccola scrivania, intenta a esaminare il registro delle prenotazioni.

La donna alzò la testa. Qualche ricciolo biondo le sfiorava la fronte.

È davvero molto attraente, considerò Sterling.

«Eppure avrei giurato di aver chiuso la porta», mormorò Nor Kelly, mentre gli passava accanto e chiudeva l'uscio con un gesto deciso.

«Vieni a sederti, NorNor», disse in quel momento una voce infantile. «È arrivato il caffè.»

La voce era familiare a Sterling, che si voltò a guardare la sala da pranzo. Pareti rivestite di pannelli di mogano, tavoli coperti da tovaglie candide e candele rosse che creavano un'atmosfera calda e accogliente. A destra del bar c'era un pianoforte; luci natalizie baluginavano alle finestre e una musica festosa suonava sullo sfondo.

«NorNor», chiamò di nuovo la vocetta.

Gli occhi di Sterling perlustravano la sala affollata. Una bambina era in piedi vicino a un tavolo d'angolo a destra della porta e guardava verso di lui. Marissa! Un po' più bassa e con i capelli un po' più corti, ma la vera differenza stava nell'espressione radiosa del suo viso. Aveva gli occhi splendenti, le labbra piegate in un sorriso e indossava un costumino rosso da pattinaggio. Con lei c'era un uomo sulla trentina straordinariamente bello, gli occhi azzurri e i capelli scuri.

Billy Campbell, pensò Sterling. Ha l'aspetto di un divo del cinema. Vorrei essere stato come lui. Non che abbia di che lamentarmi, ovviamente.

Nor alzò la testa. «Arrivo subito, Rissa.»

Ovviamente Marissa non lo vedeva. Certo, si disse

Sterling. Il nostro incontro è previsto per l'anno prossimo.

Si avvicinò al tavolo e sedette di fronte alla bambina. Com'è diversa, pensò intenerito.

Lei e il padre stavano finendo di mangiare. Sul piatto di Marissa c'erano i resti di un sandwich al formaggio. Neppure a me è mai piaciuta la crosta, rammentò Sterling.

«Papà, non posso venire alla festa con voi?» chiese Marissa giocando con la cannuccia infilata nel suo bicchiere. «Mi piacerebbe tanto sentire te e NorNor cantare, e prometto che non darò fastidio.»

«Non dai mai fastidio, Rissa», replicò Billy arruffandole i capelli. «Ma questa non è una festa per bambini.»

«Voglio vedere com'è dentro quella grande casa.»

«Un sacco di gente lo vorrebbe», mormorò l'altro inarcando un sopracciglio. «Senti, il primo dell'anno andremo al *Radio City Music Hall* e ti assicuro che sarà molto più divertente. Fidati di me.»

«Un bambino a scuola ha detto che gli uomini che vivono in quella casa sono come le persone dei *Soprano.*»

Il padre rise. «Ecco un'altra ragione per non portartici, tesoro.»

I soprano? Sterling non capiva.

Nor Kelly li aveva raggiunti. «Non dimenticare che l'altra tua nonna arriverà all'ora di cena. So che desideravi molto vederla.»

«Sì, è vero, ma si ferma tre giorni, la vedrò domani. Non voglio perdere l'occasione di sentirvi cantare.»

Gli occhi di Billy ebbero un lampo. «Sei troppo giovane per fare la *groupie.*»

Groupie? Sterling era sempre più disorientato da quel linguaggio.

«La tua nuova canzone piace a tutti, papà. Diventerai famosissimo.»

«Puoi scommetterci, Rissa», approvò Nor.

Capisco perché Marissa sente tanto la loro mancanza, rifletté Sterling. Con loro è nel suo elemento. Nor Kelly e Billy Campbell gli piacevano già. Si vedeva subito che erano madre e figlio, e che Marissa aveva ereditato da loro gli occhi azzurri, la carnagione chiara e la bellezza. Nor e Billy avevano la naturalezza propria degli artisti nati e la bambina dava già segno di possedere la stessa qualità.

Il locale stava cominciando a vuotarsi e molti clienti si fermavano al loro tavolo a salutare. «Ci vediamo a Capodanno», dissero in parecchi. «Non ci perderemmo la tua festa per nulla al mondo, Nor.»

«La festa a cui parteciperò anch'io», dichiarò con enfasi Marissa.

«Fino alle dieci», confermò il padre. «Poi a letto.»

«E non tentare il trucco dell'anno scorso, quando ti sei nascosta all'ora di andare a casa», rise Nor. «A proposito di casa, tua madre dovrebbe essere qui da un momento all'altro, e papà e io dobbiamo sbrigarci. Ci aspettano tra un'ora.»

Billy si alzò. «Ecco la mamma, Rissa.»

Denise Ward stava camminando verso di loro. «Ciao, Billy. Ciao, Nor», li salutò. «Scusate il ritardo, ma ho dovuto fermarmi a fare la spesa e la coda alle casse arrivava in fondo all'isolato. Però ho comperato il necessario per fare i biscotti, Marissa.»

Né lei né Billy dovevano ancora avere compiuto trent'anni, calcolò Sterling. Si erano evidentemente sposati giovani, e benché avessero divorziato erano rimasti in buoni rapporti. Comunque, bastava guardarli, lei con indosso un elegante tailleur pantaloni e lui in jeans neri e stivali, per capire che non erano sulla stessa lunghezza d'onda.

E Dio sapeva se Billy Campbell non aveva seguito l'adagio secondo cui ogni uomo sposa la propria madre. Nessuno avrebbe potuto accusare Nor Kelly di essere troppo compassata. Quel giorno portava uno stupefacente tailleur pantalone di cashmire bianco con una sciarpa di seta variopinta, il tutto accompagnato da bigiotteria vistosa.

«Come stanno i bambini?» chiese ora Nor.

«Hanno cominciato a camminare.» Denise era palesemente fiera dei suoi rampolli. «Quando Roy Junior ha fatto il suo primo passo, Roy è rimasto alzato fino a notte fonda per montare cancelletti in tutta la casa.»

A Sterling parve di cogliere un lampo divertito negli occhi di Billy. Denise vuole fargli capire quanto sia efficiente il suo nuovo marito, decise. Scommetto che vanta i suoi successi ogni volta che si incontrano.

Marissa si alzò e abbracciò il padre e la nonna. «Divertivi con i Soprano», disse.

Denise sembrò sorpresa. «I Soprano?»

«Sta scherzando», si affrettò a dire Nor. «Stasera ci esibiamo alla festa che i fratelli Badgett hanno organizzato a beneficio del centro per anziani.»

«Non abitano in quella grande casa...» cominciò Denise.

«Proprio così.» Era stata Marissa a rispondere. «Ho sentito dire che hanno la piscina coperta e una pista da bowling.»

«Ti forniremo tutti i più penosi dettagli», le assicurò Billy. «Vieni, andiamo a prendere il cappotto.»

Mentre li seguiva in guardaroba, Sterling indugiò a osservare le foto incorniciate alle pareti. Alcune raffiguravano Nor in compagnia di clienti e altre erano autografate da personaggi evidentemente celebri. Non mancavano foto di lei sul palcoscenico che cantava con una band; di Billy con la chitarra in mano; di Nor e Billy insieme sul palcoscenico e in compagnia di Marissa.

Da giovane, Nor doveva essere stata una stella del cabaret. Sterling si imbatté in alcune fotografie che la raffiguravano mentre si esibiva in compagnia di un uomo. Lo striscione sul podio recitava: NOR KELLY E BILL CAMPBELL.

Il padre di Billy, pensò Sterling. Chissà che ne è stato di lui e da quanto tempo lei ha il ristorante. La risposta gliela fornì un poster che reclamizzava una festa di Capodanno presso il *Nor's Place*, una ventina di anni prima. La signora Kelly era in affari da parecchio tempo.

Dopo un ultimo bacio al padre e alla nonna, Marissa uscì con la madre. Benché sapesse che non poteva vederlo, Sterling si sentì rattristato al pensiero che lei non aveva percepito la sua presenza, e non gli aveva dato un cinque.

Non essere sciocco, si rimproverò. Il fatto è che vedendola con Billy mi è venuto da pensare al bambino che forse Annie e io avremmo avuto, se fossi stato meno egoista.

Dopo essersi accordati per ritrovarsi di lì a un quarto d'ora, Billy e Nor si precipitarono a cambiarsi. Per ammazzare il tempo, Sterling si spinse fino al bar, dove un cliente chiacchierava con il barman. Prese posto su uno sgabello accanto all'uomo. Se fossi vivo, ordinerei uno scotch, si scoprì a pensare. È passato un bel po' di tempo da quando ne ho bevuto uno. Tra un anno Marissa mi chiederà se provo fame e sete. In realtà, si rese conto, non aveva alcun desiderio di bere o di mangiare, anche se all'aperto sentiva freddo e il tragitto in auto era stato scomodo. Come avrebbe detto Marissa: «Figurarsi».

«Il Natale qui da voi è stato simpatico, Dennis», stava dicendo il cliente. «Non credevo che ce l'avrei fatta, è il primo senza Peggy. Giuro su Dio, quella mattina, quando sono sceso di sotto, ero pronto a spararmi, ma quando sono arrivato qui è stato come ritrovarsi in famiglia.»

Bene bene, che sia dannato, pensò Sterling. Quello è Chet Armstrong, il cronista sportivo. Aveva appena cominciato a lavorare a Channel 11 quando sono morto. All'epoca era un ragazzotto ossuto, ma dal modo in cui dava le notizie, ti veniva da pensare che ogni partita fosse la più importante. Ora è un uomo con le spalle larghe, i capelli bianchi e il viso rugoso di chi ha passato un sacco di tempo all'aria aperta.

«Mi sono sentito quasi in colpa, quando mi sono reso conto di essermi divertito», stava dicendo Armstrong, «ma sapevo che Peggy probabilmente mi stava guardando e sorrideva.»

Chissà se la sua Peggy ha passato un po' di tempo nella sala d'attesa celeste, pensò Sterling. Avrebbe voluto che Chet aprisse il portafoglio; forse portava con sé una foto della moglie.

«Peggy era fantastica», commentò Dennis, un uomo robusto dai capelli rossi e con grandi mani agili, mentre asciugava i boccali ed evadeva gli ordini che i camerieri gli lasciavano cadere davanti. Sterling notò che gli occhi di Armstrong indugiavano su una fotografia appesa dietro il bancone. Si sporse per guardare meglio e vide che raffigurava Nor con Chet, il cui braccio era intorno alle spalle di una donna minuta che doveva essere Peggy.

Ma io l'ho vista! si stupì Sterling. Era un paio di file davanti a me nella sala d'attesa. Non ci è rimasta molto, però.

«Sapeva essere divertente, sì», ridacchiò Chet. «Ma guai a prenderla per il verso sbagliato.»

Dunque era stato questo a ritardare il suo ingresso in paradiso. Aveva un certo caratterino.

«Senti», fece Dennis con il tono del padre confessore, «so che sembra impossibile, ma scommetto che un giorno troverai qualcun altro. Hai ancora un sacco di tempo da vivere.»

Solo, fai attenzione con chi giochi a golf, aggiunse tacitamente Sterling.

«Ho compiuto settant'anni il marzo scorso, Dennis.»

«Oggi a settant'anni si è ancora giovani.»

Sterling scosse la testa. E io ne avrei novantasei. No, nessuno potrebbe accusarmi di essere un pivellino.

«Da quanto tempo lavori qui, Dennis?» stava chiedendo Armstrong.

Grazie, Chet, pensò Sterling. Sperava che la risposta del barman lo aiutasse a farsi un'idea più chiara della situazione.

«Vediamo... Nor ha aperto questo posto ventitré anni fa. Bill è morto quando Billy cominciava ad andare a scuola e lei ne aveva abbastanza di viaggiare. L'avevo conosciuta in un club di New York e sei mesi dopo mi telefonò. Aveva beccato il suo barman con le mani nella cassa. I nostri ragazzi erano quasi in età scolare e mia moglie voleva lasciare la città. Sono qui da allora.»

Con la coda dell'occhio, Sterling vide Nor e Billy che

stavano uscendo. Ho rischiato di perderli, si rimproverò precipitandosi sulla loro scia.

Nel parcheggio, non lo sorprese vederli salire su uno di quei piccoli furgoni. Dovevano essere di gran moda. Sorrise al pensiero di Marissa che saliva sulla berlina del patrigno. Come ogni bambino, probabilmente detestava l'idea che gli amici la associassero a qualcosa di noioso.

Scivolò sul sedile posteriore mentre Billy girava la chiavetta di accensione, e si voltò a guardare quelle che sembravano apparecchiature musicali, stipate nel bagagliaio. Se solo sapessero che hanno un groupie sul sedile posteriore, ridacchiò tra sé.

Allungò le gambe. È una fortuna che su quest'auto non ci siano sedili per bambini, si rallegrò. Non vedeva l'ora di essere alla festa. Al party a cui aveva partecipato la sera prima dell'incidente suonavano dischi di Buddy Holly e Doris Day, rammentò. Sarebbe stato divertente se Nor e Billy avessero cantato quei vecchi successi.

L'auto procedeva lungo le strade innevate del Madison Village. Sembrano uscite da una rivista di architettura, pensò Sterling ammirando le case ben tenute, molte delle quali elegantemente abbellite da luci natalizie. Ghirlande di bacche e sempreverdi decoravano le porte e gli alberi di Natale diffondevano la loro luce attraverso le finestre.

Su un prato, la vista di un presepe con statue di squisita fattura gli strappò un sorriso malinconico.

Oltrepassarono quindi una casa con una decina di angeli di plastica a grandezza naturale disseminati nel giardino. Il tipino autoritario che stava di guardia alla sala del Consiglio Celeste sarebbe trasalito davanti a quelle mostruosità, considerò.

Ebbe una rapida visione di Long Island Sound. La costa settentrionale mi è sempre piaciuta, pensò mentre si sporgeva per guardare il mare, ma è molto più costruita di come me la ricordavo.

Davanti, Nor e Billy ridevano dei tentativi di Marissa di convincerli a portarla con loro, per poter vedere l'interno della grande casa.

«È in gamba», dichiarò orgoglioso Billy. «Ha preso da te, mamma. Sta sempre all'erta, timorosa di perdersi qualcosa.»

Nor rise e annuì. «Preferisco definirlo un sano interesse per quello che la circonda. Dimostra che è intelligente.»

Sterling li ascoltava rattristato. Sapeva che la loro vita stava per cambiare e che presto sarebbero stati separati dalla bambina che era il centro della loro esistenza.

Avrebbe voluto avere il potere di impedirlo.

Ogniqualvolta i Badgett organizzavano qualcosa nella loro dimora, Junior aveva un attacco di nervi. Ecco che ci siamo, pensò Charlie Santoli mentre seguiva la mazza da baseball e la palla da bowling. Junior, la mazza, aveva occhi piccoli e freddi. Eddie, la palla, era sempre in lacrime quando parlava della madre ma era duro come il ferro in qualunque altra circostanza.

I preparativi per la serata fervevano. I fiorai correvano qua e là, disponendo composizioni floreali per tutta la casa, mentre gli addetti al catering stavano allestendo il buffet. Jewel, la ventenne svampita fidanzata con Junior, camminava avanti e indietro sui suoi tacchi a spillo, intralciando tutti. Le guardie del corpo dei due fratelli, a disagio in giacca e cravatta, se ne stavano da una parte e avevano l'aria dei criminali che effettivamente erano.

Prima di uscire di casa, Charlie aveva dovuto sorbirsi l'ennesimo sermone della moglie.

«Quei due sono delinquenti», gli aveva detto. «Lo sanno tutti. Dovresti dirgli che non vuoi più lavorare per loro. Sì, è vero, aggiungono un'ala alla residenza per gli anziani. Ma non è con i loro soldi che lo fanno. Senti, quindici anni fa ti pregai di non immischiarti con loro e tu mi ascoltasti? Naturalmente no. Sarai fortunato a non finire nel bagagliaio di qualche macchina. Mollali. Di denaro ne abbiamo abbastanza. Hai sessantadue anni e sei così nervoso che ti agiti nel sonno. Voglio che i nostri nipoti ti conoscano e non che debbano baciare una fotografia per augurarti la buona notte.»

Sarebbe stato inutile spiegare a Marge che non poteva uscirne. All'inizio, Charlie aveva cercato di occuparsi esclusivamente degli affari legittimi dei fratelli Badgett. Sfortunatamente, aveva scoperto che a stare con i cani si prendono le pulci, e più di una volta era stato costretto a suggerire a potenziali testimoni che sarebbe stato loro utile finanziariamente, e soprattutto fisicamente, dimenticare certi avvenimenti. Così facendo, era riuscito a impedire che i suoi clienti venissero accusati di un certo numero di reati, che spaziavano dall'usura alle partite di baseball truccate alle scommesse clandestine. Ormai, rifiutare di fare quello che loro gli chiedevano, o cercare di mollarli, sarebbe equivalso a un suicidio.

Quel giorno, grazie ai due milioni di dollari che avevano devoluto per la costruzione di un'ala intitolata alla loro madre presso il locale centro per anziani, i Badgett si erano assicurati degli ospiti di prima categoria con cui festeggiare l'ottantacinquesimo compleanno dell'anziana signora.

Alla festa avrebbero partecipato due senatori, il ministro della Sanità, alcuni sindaci e vari pezzi grossi, nonché l'intero consiglio di amministrazione del centro per anziani, che includeva molti dei cittadini più illustri di Long Island.

In tutto, erano attesi settantacinque ospiti, proprio le persone giuste per dare ai due fratelli quell'aura di rispettabilità a cui aspiravano.

Era essenziale che la festa fosse un successo.

Gli invitati si sarebbero trattenuti soprattutto nel salone, una stanza che mescolava vari stili. Pareti dorate, sedie esilissime, tendaggi di seta, arazzi e, a dominare il tutto, la riproduzione di un camino di marmo del quindicesimo secolo, decorato con cherubini, unicorni e ananas. Junior aveva spiegato che gli ananas simboleggiavano la buona fortuna, e aveva ordinato all'arredatore di fare in modo che ce ne fossero in abbondanza, senza per questo trascurare le altre cianfrusaglie.

Il risultato era un monumento al cattivo gusto, pensò Charlie, che non faticava a immaginare quale sarebbe stata la reazione del jet set.

Il party avrebbe avuto inizio alle cinque, per prolungarsi almeno fino alle otto. Sarebbero stati serviti cocktail, antipasti e un sontuoso buffet. A intrattenere gli ospiti erano stati chiamati Billy Campbell, astro nascente del rock, e sua madre Nor Kelly, ex cantante di cabaret, entrambi molto popolari sulla North Shore. Il momento culminante della serata sarebbe stato il collegamento via satellite con la madre dei Badgett, che avrebbe ascoltato gli ospiti intonare «Buon compleanno, Heddy-Anna».

«Siete sicuri che il cibo sarà sufficiente?» stava chiedendo Junior al responsabile del catering.

«Si rilassi, signor Badgett; ne ha ordinato abbastanza per un esercito», gli rispose Conrad Vogel con un sorriso di condiscendenza.

«Non vi ho chiesto di nutrire un esercito, ma di fare in modo che ci sia abbastanza scelta per tutti, così che se a qualcuno piace una cosa, possa mangiarne una tonnellata senza sentirsi dire che è finita.»

Charlie Santoli osservò Vogel rimpicciolire visibilmente sotto lo sguardo gelido di Junior. Non metterti contro di lui, amico, pensò.

E l'altro recepì il messaggio. «Le assicuro, signor Badgett, che il cibo è straordinario, e che i suoi ospiti resteranno soddisfatti.»

«Sarà meglio che sia davvero così.»

«E per quanto riguarda la torta della mamma?» domandò Eddie. «Dev'essere perfetta.»

C'era una goccia di sudore sul labbro superiore di Vogel. «L'ha preparata la migliore pasticceria di New York. Le loro torte sono così buone che una nostra cliente particolarmente esigente le ha volute per tutti e quattro i suoi matrimoni. Ed è qui anche il capopasticciere, nell'eventualità che ci sia bisogno di un ultimo ritocco prima che venga presentata.»

Junior si spostò per dare un'altra occhiata al ritratto di Mama Heddy-Anna, che sarebbe stato ufficialmente offerto ai membri del consiglio di amministrazione del centro per anziani perché lo appendessero nella nuova ala. Opera di un artista della Wallonia, le istruzioni che Junior aveva impartito telefonicamente al pittore erano state precise: «Deve mostrare che splendida signora sia la mamma».

Charlie aveva visto alcune fotografie della donna e sapeva che, grazie al cielo, la bella patriarca in velluto nero e perle non assomigliava a quelle istantanee. L'artista era stato generosamente compensato per la sua fatica.

«Ha un ottimo aspetto», concesse ora Junior, ma la sua soddisfazione svanì all'istante. «Dove sono quei tizi che pago per cantare?»

Jewel, che gli si era avvicinata, lo prese sottobraccio. «Li ho appena visti imboccare il vialetto, zuccherino. Non preoccuparti per loro, sono davvero in gamba.»

«Sarà meglio. Sei stata tu a raccomandarli.»

«Ma li hai sentiti cantare, tesoro. Ricordi quando ti ho portato a cena al *Nor's Place*?»

«Già, avevo dimenticato. Sono bravi, sì. Buon ristorante, buona cucina. Buona ubicazione. Non mi dispiacerebbe se fosse mio. Diamo un'occhiata alla torta.»

Con Jewel ancora sottobraccio, i capelli rossi che le ondeggiavano sulle spalle e una minigonna che le copriva a stento le cosce, Junior diede inizio al tour nelle cucine. Il capopasticciere, il torreggiante cappello bianco sulla testa, era vicino a una torta a cinque strati.

La sua espressione era piena di orgoglio. «Non è magnifica?» chiese, baciandosi la punta delle dita. «Un capolavoro di zucchero filato e il giusto tributo alla vostra amata genitrice. E il sapore, divino! I vostri ospiti ne gusteranno ogni boccone.»

Junior e Eddie si accostarono al dolce in atteggiamento reverente. Poi di colpo gridarono all'unisono.

«Imbecille!»

«Idiota!»

«È HEDDY-ANNA, non BETTY-ANNA!» ringhiò Eddie. «Il nome di mia madre è *Heddy*-Anna!»

Il capopasticciere era incredulo. «*Heddy*-Anna?»

«Non azzardarti a prendere in giro il nome della mia mamma!» Eddie aveva gli occhi pieni di lacrime.

Speriamo che non vada storto qualcos'altro, pregò silenziosamente Charlie Santoli. O saranno guai grossi.

Ad Hans Kramer costò uno sforzo enorme dare inizio al tragitto di quindici minuti che dalla sua casa di Syosset lo avrebbe condotto alla villa dei fratelli Badgett. Perché mai ho accettato un prestito da loro? si chiese per la millesima volta mentre procedeva lungo la Long Island Expressway. Perché non mi sono limitato a dichiarare fallimento?

Dirigente nel settore elettronico, il quarantaseienne Hans aveva lasciato il lavoro due anni prima e con la liquidazione, i suoi risparmi e un'ipoteca sulla casa aveva aperto una società on line per vendere il software da lui stesso progettato. Dopo un inizio promettente, che aveva visto gli ordini affluire, l'industria informatica aveva subito una brusca frenata ed erano cominciate le disdette. Disperatamente a corto di liquidi e nella speranza di mantenere in piedi l'attività, Kramer si era rivolto ai Badgett. Sfortunatamente, fino a quel momento i suoi sforzi si erano rivelati inutili.

Non ho nessuna possibilità di mettere insieme i duecentomila dollari che ho ricevuto da loro, si disse, per non parlare del cinquanta per cento di interesse che hanno preteso.

È stata una follia chiedere aiuto a quei due, pensò di nuovo. Ma i miei prodotti sono di ottima qualità, mi basterebbe tener duro fino a quando le cose non ricominceranno a girare per il verso giusto. Ora non devo fare altro che convincerli a rinnovare la cambiale.

Da quando erano iniziate le sue difficoltà finanziarie, Hans aveva perso dieci chili e fra i capelli castano chiaro erano apparsi i primi fili bianchi. Sapeva che sua moglie Lee era preoccupatissima per lui, pur essendo all'oscuro di quanto fosse drammatica la situazione. Kramer, infatti, non le aveva parlato del prestito, limitandosi a dirle che avrebbe dovuto stare attenta alle spese. Che diavolo, avevano addirittura smesso di andar fuori a cena.

La sua uscita era la successiva. Hans si accorse di avere le mani sudate e di respirare affannosamente. Ero in gamba, pensò. Avevo dodici anni quando sono arrivato qui dalla Svizzera, e non conoscevo una parola di inglese. Mi sono laureato al MIT a pieni voti ed ero sicuro di poter ribaltare il mondo. E per un po' è stato davvero così. Credevo di essere invulnerabile.

Cinque minuti più tardi, arrivò in vista della dimora dei Badgett. I cancelli erano aperti e una fila di auto aspettava di superare l'esame di una guardia. I fratelli stavano dando una festa.

Hans si sentì insieme sollevato e deluso. Telefonerò e lascerò un messaggio, decise. Forse, solo forse, mi concederanno una proroga.

Mentre faceva l'inversione a U, si sforzò di ignorare la vocetta che gli ricordava che quelli come i Badgett con concedono mai proroghe.

Sterling, Nor e Billy entrarono dalla porta di servizio appena in tempo per sentire la raffica di insulti rivolta al disgraziatissimo capopasticciere. Sterling si affrettò in cucina, dove trovò il poveretto freneticamente intento a modificare la scritta sulla torta.

L'età era sbagliata? si chiese. Una volta aveva partecipato a una festa dove una ragazzina dodicenne aveva preparato una torta a sorpresa per la madre. Quando l'aveva portata in tavola, con le candeline già accese, la donna era quasi svenuta. L'età che teneva tanto attentamente segreta era lì, dichiarata in audaci lettere rosa su una torta alla vaniglia. Ricordo di aver pensato che chi non sa leggere sa quanto meno fare di conto, rammentò Sterling. Non fu molto carino da parte mia.

Fortunatamente, l'errore del capopasticciere era rimediabile e poche volute di crema erano bastate a trasformare Betty-Anna in Heddy-Anna. Nor e Billy erano arrivati a loro volta in cucina. «Ricordiamoci di non cantare '*Happy Birthday, Betty-Anna*'», bisbigliò Nor al figlio.

«Sarei tentato di farlo, ma voglio uscire vivo da qui.»

Si spostarono nel salone, tallonati da Sterling. Nor fece scorrere le dita sui tasti del pianoforte, Billy tirò fuori la chitarra, poi passarono a provare i microfoni.

Charlie Santoli porse loro l'elenco delle canzoni preferite dei fratelli. «È importante che la musica non sia così alta da coprire la conversazione», disse nervosamente.

«Siamo professionisti», reagì Nor. «Facciamo musica, non baccano.»

«D'accordo, ma quando la signora sarà collegata via satellite, sarete voi a dare il via all'*Happy Birthday* e a quel punto dovrete farvi sentire.»

Squillò il campanello della porta. I primi ospiti erano arrivati.

A Sterling era sempre piaciuto stare in mezzo alla gente. Esaminò gli invitati a mano a mano che entravano, e ascoltandoli si rese conto che c'erano tra loro persone davvero importanti.

La sua impressione fu che si trovavano lì esclusivamente a causa della ricca donazione fatta al centro per anziani, e che dopo la festa sarebbero stati tutti più che felici di dimenticare i fratelli Badgett. Alcuni, tuttavia, indugiarono ad ammirare il ritratto destinato alla nuova ala.

«Vostra madre è una gran bella donna», commentò sincera la presidente del consiglio di amministrazione del centro. «Molto elegante e piena di dignità. Viene spesso a trovarvi?»

«La mia adorata madre non è una gran viaggiatrice», sospirò Junior.

«Soffre il mal d'aria e il mal di mare», aggiunse Eddie con una nota di dispiacere nella voce.

«Allora sarete voi ad andare a trovarla in Wallonia»,

ipotizzò la donna. Charlie Santoli si era unito a loro. «Naturalmente», intervenne. «Tutte le volte che possono.»

Sterling scosse la testa. Sta mentendo, pensò.

Billy e Nor attaccarono la prima canzone, e subito furono circondati da un pubblico ammirato. Nor era una brava cantante, dotata di una gradevole voce roca, ma Billy era addirittura eccezionale. Confuso tra la folla, Sterling ascoltò i commenti degli astanti.

«È un Billy Joel giovane...»

«Diventerà una star...»

«Ed è bellissimo», si entusiasmò la figlia di uno dei membri del consiglio di amministrazione.

«Billy, facci ascoltare *Be There When I Awake*», disse qualcuno.

La richiesta suscitò un applauso.

Le dita che si muovevano agili sulle corde, Billy intonò. «*I know what I want, I know what I need...*» So quello che voglio, so quello di cui ho bisogno...

Questo deve essere il suo maggior successo, pensò Sterling. Suona gradevole anche alle mie orecchie antiquate.

Grazie alla musica, l'atmosfera del party si riscaldò. Gli ospiti cominciarono a socializzare, lasciando che i camerieri riempissero loro i bicchieri di ottimo vino e colmassero i piatti di cibi squisiti.

Alle sette e un quarto, i Badgett erano radiosi. La festa era un successo. Loro stessi erano un successo.

Fu a quel punto che Junior prese il microfono e si schiarì la gola. «Voglio dare il benvenuto a tutti voi. Mio fratello e io ci auguriamo che vi stiate divertendo. È per noi un grande piacere avervi qui e siamo davvero felici di avervi dato... voglio dire, di aver donato il nostro denaro per la costruzione di una nuova ala del centro, intitolata a nostra madre Heddy-Anna. Ora, grazie ai miracoli della tecnologia, nostra madre entrerà in collegamento con noi dallo storico paese di Kizkek, dove mio fratello e io siamo cresciuti. È rimasta alzata fino a tardi per essere con noi, nel giorno del suo ottantaseiesimo compleanno, ed è per questo che chiedo a tutti di intonare per lei *Happy Birthday*. Ci daranno l'attacco il magnifico Billy Campbell e sua madre, la splendida Nor Kelly.»

A quel punto, ci fu un fiacco applauso e venne portata la torta, sfolgorante di ben ottantasei candeline. Dal soffitto scese uno schermo largo tre metri che subito venne riempito dal viso arcigno di Mama Heddy-Anna.

Seduta su una sedia a dondolo, la donna sorbiva grappa.

Gli occhi di Eddie si riempirono di lacrime, e Junior le soffiò un bacio, mentre gli ospiti cantavano doverosamente *Happy Birthday* in walloniano, leggendo dai fogli su cui era indicata la pronuncia corretta delle parole.

Gonfiando le guance rubizze, Heddy-Anna soffiò sulla torta che i figli le avevano spedito per via aerea e fu subito evidente che aveva trascorso le ore di attesa bevendo più del solito. In un inglese smozzicato cominciò a imprecare e a lamentarsi dei figli che non andavano mai a trovarla.

Junior si affrettò ad abbassare il volume, ma non prima che gli ospiti la sentissero sbraitare: «Quali cose cattive state combinando, per non trovare il tempo di venire a vedere la vostra mamma prima che muoia? In tutti questi anni non vi siete fatti vedere una sola volta».

Billy e Nor attaccarono immediatamente la canzone da capo, ma questa volta nessuno li imitò, e il collegamento si chiuse sull'indimenticabile vista di Mama Heddy-Anna che faceva marameo ai suoi rampolli e ai loro ospiti, prima di essere travolta da un accesso di singhiozzo.

La risata di Jewel risuonò troppo acuta. «Non ha un senso dell'umorismo meraviglioso? Io la adoro!»

Junior la spinse da parte e lasciò la stanza, subito imitato dal fratello.

«È stato un disastro», sussurrò Nor al figlio. «Che cosa pensi che dovremmo fare? Ci aveva detto di cantare *Perché è un bravo ragazzo* al momento del taglio della torta e poi quella miscela di canzoni sulla mamma...»

Perché non *Little Old Lady, Time For Tea*, pensò Sterling. Ai miei tempi era un grande successo.

«Meglio chiedere. Non ho nessuna intenzione di rischiare facendo di testa mia», riprese Nor, occhieggiando le espressioni attonite degli ospiti.

Mentre trotterellava sulla loro scia, Sterling avvertì l'imminente disastro. Junior e Eddie erano scomparsi nella stanza in fondo al corridoio.

Fu Billy a bussare, e non ricevendo risposta, si voltò a guardare la madre. «Entriamo», decise lei.

Andate a casa, invece, avrebbe voluto dire loro Sterling. Ma sapeva che per quello era in ritardo di un anno.

Billy abbassò la maniglia e aprì cautamente la porta. Lui e Nor si trovarono in quella che sembrava una piccola reception. Era deserta.

«Sono là», disse Nor indicando la stanza che si intravedeva attraverso un uscio socchiuso. «Forse faremmo meglio...»

«Aspetta un minuto. Stanno ascoltando la segreteria telefonica.»

Una voce elettronica aveva appena annunciato: «È presente un nuovo messaggio».

Nor e Billy esitarono, incerti se aspettare o andarsene, ma le parole che seguirono li immobilizzarono lì dove si trovavano.

A pronunciarle era un uomo evidentemente disperato che implorava «Un altvo po' di tempo» per restituire un prestito.

La segreteria telefonica scattò, e risuonò la voce di Junior: «Il tuo tempo è scaduto, amico. Eddie, di' ai ragazzi di bruciare quel fottuto capannone e di farlo subito. Non voglio ritrovarlo in piedi domani».

«Non ne resterà nulla», assicurò allegramente il fratello, che una volta tanto non stava pensando alla cara mamma.

Billy si portò un dito alle labbra e in silenzio lui e Nor si affrettarono a tornare nel salone. «Prendiamo la nostra roba», disse lui, «e andiamocene di qui.»

Ciò di cui non si accorsero, a differenza di Sterling, fu che dall'altro capo della sala Charlie Santoli li aveva visti uscire dall'ufficio.

La sala d'attesa celeste era piena di nuovi arrivati che si guardavano intorno con curiosità. All'angelo di guardia era stato ordinato di appendere un grande cartello con la scritta NON DISTURBARE alla porta della sala riunioni. Subito aveva dovuto rispondere alle richieste di parecchi ex dirigenti, poco abituati alle attese, che si erano precipitati da lui a sollecitare un incontro.

All'interno, il Consiglio Celeste seguiva con interesse le mosse di Sterling.

«Avete visto com'è rimasto male quando Marissa non lo ha notato al ristorante?» fece la suora. «Era davvero mortificato.»

«Questa è una delle prime lezioni che deve imparare», affermò il monaco. «Quando era in vita, erano troppe le persone che per lui erano invisibili, a cui passava accanto senza nemmeno accorgersene.»

«Credete che Mama Heddy-Anna verrà presto quassù da noi?» chiese il pastore. «A quei due bei tomi ha detto che sta per morire.»

La religiosa sorrise. «Il trucco più vecchio del mondo

per indurre i figli ad andare a trovarla. In realtà, è forte come un toro.»

«Non la vorrei nell'arena con me», commentò sarcastico il matador.

«Quell'avvocato è in guai grossi», disse la santa che sembrava una nativa americana. «A meno che non si redima al più presto, alla sua morte non sarà con noi che avrà a che fare.»

«Il povero Hans Kramer è disperato», sospirò la suora. «Quei Badgett non hanno alcuna pietà.»

«Il loro posto è ai ferri», dichiarò severo l'ammiraglio.

«Avete sentito?» La regina pareva scioccata. «Vogliono dar fuoco al capannone di quel poveretto.»

Con una scrollata di testa, i santi ricaddero nel silenzio, riflettendo tristemente sulla disumanità dell'uomo.

Gli addetti al parcheggio consegnavano le auto agli invitati che si stavano riversando fuori in massa. Appoggiato a una delle colonne del portico, Sterling ascoltava con curiosità i loro commenti.

«Che bizzarria!»

«Restituitegli il denaro. Donerò *io* due milioni al centro», esclamò una vecchia signora dall'aspetto austero.

«Mi ha fatto venire in mente quel vecchio film, *Butta la mamma dal treno*», rise il marito di uno dei membri del consiglio di amministrazione. «Scommetto che è proprio quello che hanno voglia di fare quei due in questo momento.»

«Il buffet, almeno, era ottimo», disse qualcuno più caritatevole.

«Avete sentito? Da quando se ne sono andati, non hanno messo più piede a Wallonia. Indovinate un po' perché.»

«Ne hai avuto abbastanza della mamma, eh?»

Sterling notò che i due senatori stavano sbraitando con i loro assistenti mentre si affrettavano ad allontanarsi.

Probabilmente temevano di venire accusati dai giornali di fare comunella con i gangster. *Qualcuno dovrebbe informarli di ciò che i Badgett vogliono fare al capannone di quel poveretto.* Non vedeva l'ora di essere di nuovo in auto per sentire che cosa avevano da dire, al riguardo, Billy e Nor.

Un ospite che evidentemente aveva bevuto un po' troppo cominciò a cantare *Happy Birthday Heddy-Anna* in walloniano, ma in mancanza del testo scritto, passò all'inglese, subito imitato da altri.

Sterling sentì un addetto al parcheggio chiedere a uno degli ospiti se la sua auto era una SUV. Cosa mai vorrà dire? si chiese. Pochi istanti dopo, l'addetto arrivò a bordo di uno di quei piccoli furgoni. Dunque è questo che significa, si disse Sterling. Chissà per che cosa sta quella sigla SUV.

La SUV di Billy era parcheggiata sul retro. Non devo perderli, si disse ancora, e quando i due arrivarono, pochi minuti più tardi, lui era già a bordo.

Avevano entrambi l'aria preoccupata.

Senza parlare, caricarono le apparecchiature in macchina e poi si misero in coda verso l'uscita. Quando furono finalmente in strada, Nor chiese: «Credi che parlassero sul serio, Billy?»

«Assolutamente sì, ed è stata una fortuna che non si siano accorti di noi.»

Oh-oh, pensò Sterling. L'avvocato – com'è che si chiama? Charlie Santoli – vi ha visti uscire dall'ufficio. Se lo dice ai Badgett, siete fritti.

«Ho la sensazione di aver già sentito la voce di quel poveretto, quello della telefonata», stava dicendo Nor.

«Ti sei accorto che ha detto 'altvo' invece di 'altro', quando ha chiesto quella proroga?»

«Ora che mi ci fai pensare, sì», assentì Billy. «Al momento ho creduto che fosse semplicemente nervoso.»

«No, non era questo. Forse è bleso. Mi sembra di conoscere quella voce. Deve essere qualcuno che è stato al ristorante. Se riuscissi a ricordare chi è, potremmo avvertirlo.»

«Appena arrivati a casa tua, chiamerò la polizia», dichiarò Billy. «Non voglio usare il cellulare.»

Il resto del tragitto si svolse in silenzio. Seduto dietro, Sterling condivideva la loro ansia.

Erano quasi le nove quando arrivarono al *Nor' Place*. Il locale era gremito di festaioli, ma Nor e Billy individuarono Sean O'Brien, un agente investigativo in pensione, seduto al bar.

Un sorriso incollato sul viso, Nor raggiunse il suo solito tavolo. Dal suo punto di osservazione poteva controllare il lavoro dei camerieri, tenere banco e salutare i clienti. Sterling la seguì, occupando la sedia su cui si era accomodato solo poche ore prima.

Billy li raggiunse seguito da O'Brien, un cinquantacinquenne dall'aspetto affidabile, con una gran massa di capelli castani, acuti occhi marroni e un sorriso allegro.

«Le cose ti vanno alla grande, Nor», cominciò, ma subito si rese conto che qualcosa non andava. «Che cosa succede?» chiese.

«Ci siamo esibiti a una festa dai fratelli Badgett, oggi pomeriggio», esordì la donna.

«I fratelli Badgett?» La fronte aggrottata, O'Brien ascoltò con attenzione il resoconto dell'accaduto.

«È una voce che conosco», concluse la donna. «Sono sicura che quell'uomo è stato qui qualche volta.»

«Nor, sono anni che i federali cercano di incastrare quei due, ma sono viscidi come anguille. Sono autentici criminali e sono malvagi. Se la chiamata era locale, non sarei sorpreso, domattina, di leggere sui giornali che durante la notte è andato a fuoco un capannone.»

«Non c'è niente che possiamo fare per fermarli?» domandò Billy.

«Posso avvisare i federali, ma i due Badgett hanno interessi un po' dappertutto. Sappiamo per certo che operano a Las Vegas e a Los Angeles. Quel messaggio potrebbe essere arrivato da chissà dove, e non è detto che il capannone si trovi da queste parti.»

«Non sapevo che fossero dei tipacci del genere», commentò Billy. «Certo, di voci ne ho sentite, ma dopo tutto hanno quelle rivendite di auto e barche...»

«E alcune decine di altre attività legittime», lo interruppe O'Brien. «È così che riciclano il denaro sporco. Farò qualche telefonata. Di sicuro i federali vorranno tenerli sotto sorveglianza, ma quelli come i Badgett non si sporcano mai personalmente le mani.»

Nor si passò una mano sul viso turbato. «Ci dev'essere un motivo se quella voce mi risulta familiare. Aspettate un minuto.» Fece cenno a un cameriere. «Sam, chiedi a Dennis di raggiungerci. Pensa tu al bar.»

O'Brien la guardò. «Sarebbe meglio che nessuno sapesse che avete ascoltato quella conversazione.»

«Mi fido di Dennis come di me stessa», fu la risposta della donna.

Questo tavolo sta diventando troppo affollato, pensò Sterling. Doveva alzarsi, se non voleva ritrovarsi il barman sulle ginocchia.

«...e, Dennis, sono sicura di aver già sentito quella voce proprio qui», concluse Nor qualche minuto più tardi. «Diceva 'altvo' invece di 'altro'. Forse era solo nervoso, ma magari potrebbe trattarsi di uno di quelli che attaccano discorso con te al bar.»

Il barman scosse la testa. «Non mi viene in mente nessuno, Nor. Ma una cosa la so... se quei Badgett facevano sul serio parlando del capannone, presto quel poveretto sarà 'ben altvo che scosso'.»

«Altvo che», assentì Billy.

Risero tutti nervosamente.

Stanno cercando di sdrammatizzare per nascondere la loro preoccupazione, rifletté Sterling. Se quei Badgett sono i criminali che dice O'Brien, e se Nor e Billy dovessero essere chiamati a testimoniare... povera Marissa. Era così felice oggi.

L'ex agente investigativo si alzò. «Devo fare qualche telefonata. Posso usare il tuo ufficio, Nor?»

«Naturalmente.»

«Tu e Billy venite con me. Voglio che ripetiate esattamente quello che mi avete appena raccontato.»

Dennis spinse indietro la sedia. «Io me ne torno al bar.»

Se fossi ancora vivo, si disse Sterling, la sedia mi avrebbe schiacciato l'alluce.

«Nor, pensavo che stasera tu e Billy vi sareste esibiti», intervenne un cliente seduto a un tavolo vicino. «Siamo venuti soprattutto per ascoltarvi.»

«E ci ascolterete», sorrise la donna. «Saremo di ritorno tra un quarto d'ora.»

In ufficio, O'Brien chiamò il suo contatto all'FBI e Nor e Billy fornirono all'agente un resoconto dell'accaduto. Conclusa la conversazione, Nor si strinse nelle spalle. «Questo è quanto. A meno che non riesca a ricordare a chi appartiene quella voce, non posso essere di nessun aiuto.»

Il cellulare di Billy cominciò a squillare. «È Rissa», disse guardando il display. Il suo viso si distese. «Ciao, tesoro... siamo appena tornati... no, non abbiamo visto la piscina, e neppure la pista da bowling... be', non direi che sono proprio come i Soprano...»

«Io direi di sì», mormorò sua madre a mezza voce.

«Uh-uh, i soliti brani...» una risata. «È ovvio che siamo stati sensazionali. Non volevano più lasciarci andar via. Senti, tesoro, ti faccio dare un saluto da Nor, poi tu devi andare a letto. Ci vediamo domani. Ti voglio bene.»

Porse il telefono alla madre e si girò a guardare O'Brien. «Hai conosciuto mia figlia Marissa, vero?»

«Sicuro. Credevo fosse lei la proprietaria del locale.»

«Ne è assolutamente convinta, infatti.»

Nor aveva salutato la nipote e ora restituì il cellulare al figlio. «Non posso fare a meno di chiedermi se quel poveretto che chiedeva una proroga ha una famiglia da mantenere», disse rivolta al poliziotto.

Billy le passò un braccio intorno alle spalle. «Hai l'aria

stanca, mamma. Detesto dovertelo dire, ma il tuo pubblico sta aspettando...»

«Lo so, dobbiamo andare. Dammi solo un minuto per rifarmi il trucco.»

O'Brien si cacciò una mano in tasca e ne estrasse un biglietto da visita. «Ecco il mio numero di telefono. Se vi venisse in mente qualcosa, chiamatemi. Lo lascerò anche a Dennis.»

Alle nove e trenta, quando ebbe inizio l'esibizione dei due cantanti, tutti i tavoli del ristorante erano occupati. Nor e Billy tennero due spettacoli di mezz'ora ciascuno, uno alle nove e mezzo e il secondo alle undici, a beneficio dei tiratardi.

Sono veri artisti, pensò ammirato Sterling. A guardarli, si direbbe che non hanno una preoccupazione al mondo. Terminata la prima esibizione, Nor si chiuse nel suo ufficio portando con sé i registri delle prenotazioni degli ultimi due anni. Sterling sedette accanto a lei mentre li esaminava nome per nome.

Di tanto in tanto Nor si fermava a ripeterne uno ad alta voce, poi scuoteva la testa e ricominciava. *Sta cercando di ricordare il nome del tizio della telefonata.*

L'espressione della donna si faceva sempre più preoccupata. A un certo punto, lanciata un'occhiata all'orologio, balzò in piedi ed estrasse un astuccio portatrucco dalla borsetta. In pochi secondi, si passò il piumino sul viso e si ritoccò occhi e labbra. Si tolse il pettine ingioiellato dai capelli e scosse la testa. Sterling rimase sbalordito dall'abilità con cui raccolse i capelli in due trecce che poi appuntò sulla sommità del capo.

«Devo essere un vero disastro», disse Nor ad alta voce. «Ma immagino che lo spettacolo debba continuare.»

Sei uno splendore, avrebbe voluto protestare Sterling. Una donna davvero molto bella.

Indugiò un attimo sulla porta tirando un profondo sospiro, e un istante dopo sorrideva radiosa passando da un tavolo all'altro per scambiare qualche parola con i suoi ospiti.

Il locale è pieno, notò Sterling, ed è ovvio che si tratta di frequentatori abituali. Sembrano contenti di parlare con lei e Nor è davvero molto brava nel suo lavoro. La ascoltò informarsi della salute della madre di uno, del figlio di qualcun altro, poi congratularsi con una coppia di novelli fidanzati.

Il Consiglio Celeste non potrà mai accusarla di non prestare abbastanza attenzione agli altri, si disse ancora. È un peccato che io non le assomigli un po'.

Billy stava parlando con un uomo e una donna seduti a un tavolo d'angolo e Sterling decise di raggiungerlo. Spero che non arrivi nessun altro, si augurò prendendo posto su una sedia vuota. Il suo interesse si accese immediatamente quando si rese conto che i due erano dirigenti della Empire Recording Company che stavano proponendo un contratto a Billy.

«Non c'è bisogno che le faccia i nomi degli artisti che abbiamo lanciato», stava dicendo l'uomo. «È un pezzo che la teniamo d'occhio e siamo convinti che lei sia un vincente. Possiamo garantirle un contratto per due album.»

«Sono lusingato e mi sembra un'offerta fantastica, ma

dovrete parlare con il mio agente», fu la sorridente risposta di Billy.

Sta cercando di non far loro capire che è elettrizzato, pensò Sterling. Non c'è giovane cantante che non sogni un'opportunità come questa. Che giornata pazzesca.

Gli ultimi avventori lasciarono il locale a mezzanotte e mezzo. Nor e Billy andarono a sedersi al bar mentre Dennis finiva di riordinare. Nor alzò il suo bicchiere. «Ho sentito dire che porta sfortuna brindare con l'acqua, ma credo che correrò il rischio. A Billy e al nuovo contratto.»

«Tuo padre sarebbe fiero di te», disse Dennis.

«Puoi scommetterci.» Nor sollevò gli occhi. «A te, Bill, ovunque tu sia. Nostro figlio se la sta cavando magnificamente.»

Devo proprio conoscerlo, si disse Sterling, a cui non erano sfuggiti gli occhi lucidi dei tre.

Billy aveva più o meno l'età di Marissa quando ha perso il padre. Dev'essere stata molto dura per lui e Nor.

«Teniamo le dita incrociate finché non avrò firmato», disse Billy. «Non voglio festeggiare troppo presto; meglio aspettare di avere tutto nero su bianco.»

«Andrà tutto bene», volle rassicurarlo la madre. «Ma il prossimo Natale dovrai ancora cantare con me.»

«Lo farò, mamma, e gratis», rise lui.

«Dovrete assumere un buttafuori per tenere a bada la folla», dichiarò Dennis ripiegando un asciugamano. «Bene, ho finito. Nor, hai l'aria terribilmente stanca. Vuoi un passaggio fino a casa?»

«Se abitassi anche solo a un quarto d'ora di distanza, accetterei al volo. Ma dato che non impiegherò più di tre minuti per arrivare a casa, preferisco avere la mia auto, domattina. Aiutami piuttosto a portare quei registri; ho intenzione di spulciarli ancora un po'.»

Baciò il figlio sulla guancia. «Ci vediamo domani.»

«D'accordo. Io salgo di sopra. Non controllarli stasera, mamma. Rimanda tutto a domattina.»

Si guardarono. «Lo so», sospirò lui. «Per allora potrebbe essere troppo tardi.»

Dunque è qui che vive Billy, pensò Sterling. Deve avere un appartamento al primo piano. Sarebbe interessante dare un'occhiata alla casa di Nor. Ha detto che è a soli tre minuti da qui, il che significa che potrò tornare a piedi. Ancora una volta si trovò ad affrettarsi attraverso il parcheggio, questa volta sulla scia di Nor e Dennis.

La temperatura era scesa molto nelle ultime ore e le nubi andavano addensandosi, oscurando la luna e le stelle. Sterling annusò l'aria. Sapeva di neve. Lui era uno di quelli che preferivano l'inverno all'estate. *Annie pensava che fossi pazzo. Se c'era qualcosa che amava, era una giornata al mare. Ricordo che la sua famiglia aveva una casa a Spring Lake.*

L'auto di Nor era un'elegante Mercedes berlina. Ne avevo una anch'io, rammentò Sterling, e questa non sembra troppo diversa dalla mia. Mentre Dennis posava i registri sul retro dell'auto e teneva lo sportello aperto per Nor, lui ne approfittò per salire sul sedile posteriore. Da un po' di tempo devo sempre strizzarmi da qualche parte, pensò rassegnato.

Nor chiuse lo sportello e si allacciò la cintura di sicurezza. Oggigiorno lo fanno tutti, considerò Sterling, forse è obbligatorio indossarle.

Si aggiustò la lobbia, sorridendo nel ripensare a come, di lì a un anno, Marissa l'avrebbe trovata buffa.

Mentre uscivano dal vialetto, trasalì nel sentire Nor dire ad alta voce: «Mama Heddy-Anna, che Dio ci aiuti!»

Sterling si sentiva vagamente in colpa. *Nor è convinta di essere sola ed è una di quelle persone che amano parlare tra sé e sé. Lo facevo anch'io e sarei morto di vergogna se qualcuno mi avesse sentito.*

Ma, dopo tutto, si consolò, sono qui per dare una mano. Fortunatamente, lei aveva acceso la radio e per il resto del tragitto si limitò ad ascoltare il notiziario.

L'abitazione di Nor, in fondo a una strada chiusa, era situata su un ampio appezzamento di terra. A Sterling bastò vederla per capire che era la casa perfetta per lei. Probabilmente una ex fattoria, era rivestita di assicelle bianche, mentre le imposte erano nere. Sulla veranda la luce era accesa e proiettava un morbido chiarore tutto intorno alla porta d'ingresso.

«Grazie a Dio, sono a casa», sospirò Nor.

Capisco che cosa intendi, disse Sterling ad alta voce, poi alzò gli occhi al cielo. Meno male che non può sentirmi! Le verrebbe un infarto.

Non mi fermerò a lungo, promise a se stesso mentre Nor frugava nella borsa alla ricerca delle chiavi e scendeva con i registri sottobraccio.

Sterling si accostò alla porta, ammirando i cespugli che la fiancheggiavano, coperti da un sottile strato di neve.

Non appena Nor ebbe disattivato l'allarme e acceso le luci, Sterling scoprì che aveva un ottimo gusto. Il piano terra era un'unica grande sala con le pareti bianche e il pavimento in legno. Su una piattaforma rialzata, un camino delimitava la zona soggiorno e lì accanto si ergeva un albero che arrivava fino al soffitto, decorato con file di candele elettriche. I tre giri più bassi erano evidentemente stati disposti da Marissa. Graziosi ninnoli di carta e stagnola e una decina di bastoncini canditi esprimevano l'idea che la bambina aveva di un albero di Natale.

Divani imbottiti, tappeti persiani, mobili antichi e dipinti di gusto completavano l'arredamento rendendo la stanza molto accogliente e confortevole.

«Una tazza di cioccolata», borbottò Nor liberandosi delle scarpe con un calcio. In cucina, lasciò cadere i registri sul tavolo e aprì il frigorifero. Sterling, che odiava fare le cose in fretta, passava da un quadro all'altro. Sono di valore, pensò. Vorrei avere la possibilità di esaminarli con più calma. Lo colpì, in modo particolare, una scena di caccia tipicamente inglese.

In qualità di legale di molti fondi fiduciari, aveva sviluppato una certa competenza artistica. Un tempo dicevano che avrei potuto fare il perito, ricordò con un sorriso.

Un'ampia scalinata sembrava invitarlo a salire. Una rapida occhiata e me ne vado, decise.

La camera di Nor era la più grande. Sul cassettone, sopra la toeletta e sui comodini erano disposte parecchie fotografie. In alcune la donna, molto più giovane, era in compagnia del padre di Billy. Ce n'erano tantissime dello stesso Billy con i genitori; nell'ultima che li ritraeva tutti e tre insieme dimostrava circa sei anni.

Sterling fece capolino in una delle altre due camere.

Era piccola ma intima, con il tipico aspetto ordinato delle stanze per gli ospiti.

La terza porta era chiusa e su di essa una targhetta di porcellana recitava MARISSA'S PLACE. Quando la aprì, Sterling sentì un nodo in gola. *Ancora poco, e quella povera bambina perderà tutto questo.*

La stanza era incantevole. Mobili di vimini bianco. Carta da parati bianca e azzurra. Copriletto e tende candidi. Scaffali pieni di libri su una parete. Una scrivania sormontata da vari tabelloni.

Sentì i passi di Nor sulle scale. Era ora di andare. Ricordando di aver trovato la porta chiusa, la accostò silenziosamente dietro di sé. Un momento più tardi, con il colletto del cappotto rialzato e il cappello ben piantato in testa, usciva a passo rapido.

Ho parecchie ore davanti a me, ragionò. Probabilmente Billy sta già dormendo. Forse potrei andare a dare un'occhiata a Marissa. Ma dove abita, esattamente? Non ho mai avuto un senso dell'orientamento particolarmente sviluppato.

Fino ad allora Sterling era stato occupato da tante cose, ma ora che tutti erano a letto, si sentiva un po' solo mentre percorreva lentamente le strade silenziose.

Devo contattare il Consiglio Celeste? si chiese. O rischio di far credere che non sono in grado di portare a termine la missione che mi hanno affidato? E se così fosse, che ne sarebbe di me?

All'improvviso qualcosa attirò la sua attenzione.

Che cos'era?

Un pezzo di carta volteggiò lentamente in aria e cadde proprio davanti a lui. Sterling lo raccolse, lo spiegò e si accostò al lampione più vicino per leggerlo.

Era una mappa della zona, con la casa di Clarissa e il *Nor's Place* chiaramente indicati. Una linea tratteggiata partiva da un punto contrassegnato dalla scritta «Tu sei qui» e seguiva un percorso dettagliato. Quattro isolati a est, poi a sinistra per uno, poi a destra... e infine la casa di Marissa. Una seconda linea, pure tratteggiata, indicava come tornare al ristorante.

Sterling alzò gli occhi e si sforzò di vedere oltre la luna, oltre le stelle, nello spazio infinito. Grazie, pensò. Vi sono molto grato.

Poco importava che ora fosse, Dennis Madigan leggeva sempre il *New York Post* prima di andare a letto. Sua moglie Joan aveva imparato da tempo a dormire con la luce accesa.

Quella sera, tuttavia, il barman non riusciva a concentrarsi sulla lettura. Sapeva che né Nor né Billy si erano resi conto di essere in pericolo. Se i Badgett erano davvero i criminali che O'Brien aveva descritto... Dennis scosse la testa. Quando lavorava a Manhattan, ne aveva sentito raccontare parecchie sul conto di quelli come loro. E non erano mai storie incoraggianti.

Altvo. Che cosa mi ricorda? si chiese, mentre con gesti irritati sfogliava il giornale. Nor pensa che potrebbe trattarsi di un cliente, ma certo non è uno dei regolari, o lo avrei riconosciuto.

«Altvo», disse a voce alta.

Joan aprì gli occhi. «Come?»

«Niente. Scusa, tesoro. Rimettiti a dormire.»

«Come se fosse facile», borbottò lei girandogli la schiena.

Dennis diede un'occhiata ai programmi televisivi, e sorrise nel leggere la divertente recensione di uno sdolcinato special sulle festività natalizie scritta da Linda Stasi.

Per nulla assonnato benché fossero già le tre e mezzo, scorse la pagina dei ristoranti. Un pezzo su un nuovo locale del centro attirò la sua attenzione. «Abbiamo cominciato con una *ratatouille...*» esordiva l'autore.

Sembrava un posto interessante, pensò Dennis. Bisognerà farci un salto. Di tanto in tanto, a lui e a Joan piaceva andare in città a provare nuovi locali.

Ratatouille... Si ricordò di quel cameriere sveglio – non era durato molto – che scherzava su un cliente che, dopo aver ordinato *vatatouille* la volta precedente, quella sera aveva chiesto *visotto*.

Come si chiamava il cliente? si domandò Dennis. Riesco a vederlo. Lui e la moglie hanno bevuto un cocktail al bar. Gente a posto. Non ho pensato subito a lui perché la sua erre moscia è appena accennata e anche perché non lo vedo da un pezzo...

Nella mente, aveva visualizzato un viso. È un regolare, pensò poi. E si chiama... si chiama... ha un nome europeo.

Hans Kramer!

Sì! È questo il nome!

Agguantò il telefono. Nor rispose al primo squillo. «Ci sono, Nor. Il tizio della segreteria telefonica. Potrebbe essere Hans Kramer?»

«Hans Kramer...» ripeté lei lentamente. «Non mi fa venire in mente niente. Non credo...»

«Pensaci, Nor. Ha ordinato 'vatatouille' e 'visotto'.»

«Oh, mio Dio, ma certo, hai ragione.» Nor si mise a sedere appoggiandosi su un gomito. Il numero di Sean

O'Brien era appoggiato alla lampada sul comodino. Mentre allungava la mano per prenderlo, sentì l'adrenalina scorrerle in tutto il corpo. «Kramer ha qualcosa a che fare con i computer, Dennis. Forse ha un capannone. Chiamo subito O'Brien. Speriamo solo di non essere arrivati troppo tardi.»

La casa di Marissa era silenziosa e immersa nel buio, fatta eccezione per una luce soffusa che splendeva attraverso una delle finestre al piano superiore.

Mia madre lasciava la luce accesa in corridoio per me, rammentò Sterling. E la porta della mia camera socchiusa perché la vedessi. Ero proprio un fifone, pensò con un sorriso. Luce o non luce, ho dormito con il mio orsacchiotto preferito fino all'età di dieci anni.

Un piccolo cartello avvertiva che la casa era dotata di sistema d'allarme. Sterling scivolò dentro senza preoccuparsi di aprire la porta. Il Consiglio Celeste non avrebbe certo gradito che facesse scattare gli allarmi.

Salì le scale in punta di piedi e alzò una gamba per superare il cancelletto montato da Roy. Quanto pensa che siano alti quei bambini? si stupì. E se si fosse strappato i pantaloni? Un istante dopo capitombolava sul pavimento del pianerottolo.

Grazie a Dio non faccio rumore, pensò guardando il soffitto. La sua lobbia era finita chissà dove. Lentamente si rimise in piedi, conscio di una fitta alla schiena. Recuperò il cappello e proseguì la ricerca di Marissa.

La stanza della bambina era l'ultima in fondo al corridoio. Tutte le porte erano leggermente socchiuse e dalla camera principale arrivava un lieve russare. Passando davanti alla stanza dei bambini, Sterling ne sentì uno agitarsi nel sonno. Tese l'orecchio, ma non ci furono altri rumori.

Il cielo si stava rannuvolando, ma la luce della luna fu sufficiente a fargli vedere con chiarezza il viso di Marissa. Dormiva raggomitolata su se stessa, una ciocca di capelli sulla guancia e le coperte ben rimboccate.

In un angolo, una pila di scatole testimoniava l'abbondanza dei regali che aveva ricevuto per Natale e per il suo compleanno. Non mi sorprende, considerò Sterling. Piacerebbe anche a me poterle donare qualcosa.

Prese posto sulla stessa sedia che avrebbe occupato di lì a un anno. Sembra un angelo, pensò intenerito. Se solo non fosse costretta ad affrontare tutti i cambiamenti che la aspettano! Se avessi il potere di conservare il suo mondo così com'è adesso! Ma non mi è possibile, quindi l'anno prossimo dovrò fare di tutto per restituirglielo intatto. In un modo o nell'altro, promise a se stesso.

E non solo perché voglio entrare in paradiso, rifletté. Desidero davvero aiutarla. Sembra così piccola e vulnerabile! Difficile crederla la stessa bambina che oggi al ristorante cercava di averla vinta e che non ha esitato a chiamare il padre per farsi raccontare della festa.

Con un sospiro, Sterling si alzò e lasciò la stanza. In corridoio, sentì uno dei bambini piangere, subito imitato dal gemello. Un attimo dopo, Roy emergeva dalla sua camera e barcollando entrava in quella dei figli. «Papà è qui», bisbigliò. «Roy Junior, Robert, c'è papà con voi.»

Denise lo ha addestrato bene, pensò Sterling. I miei amici facevano finta di non sentire quando i bambini si svegliavano in piena notte. Ma i tempi sono cambiati.

Io ero figlio unico, ricordò mentre scendeva le scale. I miei mi hanno avuto dopo i quaranta e sono subito diventato il centro del loro mondo.

Sono volati in cielo molto prima che io approdassi nella sala d'attesa celeste e sarà bello rivederli, pensò lanciando uno sguardo verso l'alto.

Prima di dirigersi verso il ristorante di Nor, Sterling consultò la mappa. Mentre percorreva le strade deserte, lo colse un improvviso senso di urgenza. Intorno a lui tutto era tranquillo, ma era certo di aver sentito odore di fumo.

Lo hanno fatto! realizzò allora. Hanno appena appiccato il fuoco al capannone.

Sean O'Brien aveva lavorato vent'anni presso il Dipartimento di polizia della contea di Nassau e in quell'arco di tempo aveva imparato a considerare le telefonate notturne come potenziali sviluppi dei casi a cui lavorava.

Quando il suo telefono squillò, alle tre e quaranta del mattino, fu rapido a sollevare la cornetta. Come si era augurato, era Nor.

«Sean, ho appena parlato con Dennis. Gli è venuto in mente il nome del tizio registrato dalla segreteria telefonica e sono assolutamente certa che ha ragione.»

«Chi è?»

«Si chiama Hans Kramer. Vive a Syosset e credo si occupi di computer. Viene al ristorante di tanto in tanto, anche se è un po' di tempo che non lo vedo.»

«Ok, mi metto subito al lavoro.»

Ormai completamente sveglio, Sean si mise a sedere sul letto. Era solo. Quella notte sua moglie Kate era di turno nel reparto pediatrico del North Shore Hospital.

La sua prima telefonata fu alla centrale di polizia di Syosset. C'era la possibilità che Kramer fosse conosciuto.

Aveva visto giusto. Nick Amaretto, il tenente in servizio, lo conosceva. «Un tipo a posto. Vive in città da una ventina d'anni. Per un po' ha fatto parte del comitato di zona e un paio di anni fa ha collaborato con la Croce Rossa. È titolare di una società di software.»

«Ha un capannone, per caso?»

«Sì. Ha comperato un appezzamento di terra nell'area a ridosso della superstrada, dove un tempo c'era quella serie di brutti motel. Ha messo su un bel complesso, ufficio e magazzino.»

«Ho avuto una soffiata. Qualcuno potrebbe appiccare il fuoco al capannone. Un prestito ricevuto dai fratelli Badgett e non ancora restituito.»

«Oh, ragazzi. Ci andiamo subito. Mi metterò in contatto con la squadra artificieri e i vigili del fuoco.»

«Io avverto i federali. Ci sentiamo più tardi.»

«Un minuto, Sean», lo fermò il tenente. «Stanno dicendo qualcosa alla radio.»

Ancora prima che Amaretto tornasse all'apparecchio, O'Brien comprese che erano arrivati troppo tardi. Il capannone era già in fiamme.

Hans Kramer ricevette la chiamata del suo servizio di sicurezza alle tre e quarantatré. I rilevatori di fumo del magazzino erano entrati in funzione; i vigili del fuoco stavano già recandosi sul posto.

Resi muti dalla disperazione, lui e Lee si vestirono in fretta e corsero all'auto.

Ho ridotto parecchio la polizza assicurativa, pensava Hans. Non potevo più permettermi rate così alte. Che cosa farò, se non riusciranno a salvare il capannone?

Avvertiva un senso di oppressione al petto. Nell'abitacolo faceva freddo, ma lui stava sudando.

«Hans, stai tremando.» La voce di Lee era piena di angoscia. «Senti, comunque vadano le cose, ce la faremo. Ti prometto che ce la faremo.»

«Non capisci, Lee. Ho preso in prestito del denaro. Molto denaro. Credevo che sarei stato in grado di restituirlo. Ero sicuro che il lavoro avrebbe ingranato.» Le strade erano quasi deserte. Kramer premette sull'acceleratore e l'auto balzò in avanti.

«Ricordati quello che ti ha detto il dottore, Hans. L'ultimo test sotto sforzo non ha dato buoni risultati. Calmati, ti prego.»

Devo a quella gente trecentomila dollari, stava pensando lui. Il capannone vale tre milioni, ma la polizza assicurativa copre solo l'ipoteca. Non riuscirò a estinguere il debito.

Quando imboccarono la strada che portava al complesso, trasalirono entrambi. In lontananza, davanti a loro, era visibile una densa nube di fumo nero.

«Oh, mio Dio», mormorò Lee.

Hans, sotto choc, non parlò. Sono stati loro, pensava. I Badgett. Questa è la loro risposta alla mia richiesta di una proroga.

Il capannone era completamente avvolto dalle fiamme. Le pompe lavoravano a pieno regime, irrorando d'acqua quell'inferno, ma era evidente che non c'era più nulla da salvare.

Quando Hans aprì la portiera dell'auto, un'ondata improvvisa di dolore lo travolse, facendolo crollare a terra.

Pochi istanti dopo sentì qualcosa che gli veniva accostato al viso, poi il suo torace ebbe un sobbalzo. Mani forti lo sostenevano. Per un certo verso, si sentiva sollevato.

Ormai tutto era fuori dal suo controllo.

Arrivato al ristorante, Sterling non fu sorpreso di vedere Nor scendere dall'auto. Devono aver già saputo dell'incendio, pensò accelerando il passo.

Seguì Nor all'interno e fino all'appartamento di Billy, che occupava tutto il secondo piano dello stabile.

Dennis era già lì e Billy aveva preparato il caffè.

«Sta arrivando anche Sean», lo informò Nor. Non si era truccata e aveva i capelli raccolti, con lunghe ciocche che le incorniciavano il viso. Indossava una tuta azzurra e scarpe da ginnastica.

Billy era in jeans, camicia spiegazzata e vecchi mocassini. Sembrava stanco e aveva bisogno di radersi.

«Sean ha detto che vuole parlarci subito», disse Nor mentre il figlio versava il caffè.

Andarono a sedersi al tavolo della sala da pranzo.

Dalla sedia che aveva scelto, Sterling poteva vedere il soggiorno.

L'appartamento di Billy era una comoda tana da scapolo, appena un po' disordinata, con un paio di scarpe da tennis dimenticate sotto il tavolino su cui erano accatastati dei vecchi quotidiani. Sedie e divano erano insignificanti ma sembravano comodi.

Era chiaro che Billy lavorava in soggiorno. C'erano un paio di chitarre appoggiate al pianoforte, e spartiti sparpagliati sul divano.

Come a casa di Nor, molte decorazioni dell'albero di Natale portavano la firma di Marissa.

Lo squillo del campanello annunciò l'arrivo di O'Brien.

La sua espressione era grave. Accettò il caffè che Billy gli offriva e raggiunse gli altri al tavolo per riferire dell'incendio.

«La situazione è molto grave?» domandò Nor.

«Perfino peggio del previsto», rispose l'ex poliziotto. «Hans Kramer è all'ospedale. Ha avuto un attacco cardiaco piuttosto serio, ma se la caverà.»

«Oh, no», gemette la donna.

«Il capannone è andato distrutto», riprese O'Brien. «Non è rimasto nulla. È chiaramente opera di professionisti.»

«Dunque è certo che si tratta di incendio doloso?» chiese Nor.

«Nessun dubbio.»

«E ora che cosa accadrà?» Era stato Billy a parlare.

«Tra poco arriverà l'FBI. Dovrete rilasciare una dichiarazione, dato che la vostra testimonianza chiama direttamente in causa i Badgett. Poi, quando Kramer si sarà ripreso, ci faremo rilasciare una dichiarazione anche da lui. A quel punto, i federali punteranno a un'imputazione. Dato che voi avete sentito i Badgett impartire l'ordine di appiccare il fuoco, non dovrebbero esserci difficoltà a ottenere un'incriminazione... ma vi avverto, è indispensabile che nessuno sappia che voi due siete stati testimoni.»

Billy e Nor si scambiarono un'occhiata. «Ce ne rendiamo conto», disse poi il giovane.

«E io pure», assentì Dennis cupo in faccia.

Sterling scosse la testa. Quell'avvocato, pensò, Charlie Santoli. Lui ha visto Nor e Billy uscire dall'ufficio. I Badgett ne sono già stati informati?

Erano le sette e trenta di lunedì mattina quando Charlie Santoli scese nella cucina della sua casa di Little Neck, a Long Island. Sua moglie Marge stava già preparando la colazione.

Le mani sui fianchi e un'espressione preoccupata sul viso, la donna lo squadrò da capo a piedi. «Hai l'aria di non dormire da una settimana», decretò alla fine.

Charlie alzò una mano. «Non cominciare, Marge. Sto bene.»

La signora Santoli era una donna attraente dalle forme generose, con corti capelli castani che rivelavano visite regolari dal parrucchiere.

Marge non aveva mai permesso alle circostanze di ridurla al silenzio ed era capace di insistere nella conversazione fino a ottenere qualche risposta. Aveva ereditato dai suoi antenati irlandesi il dono della chiacchiera e nulla poteva impedirle di avere la prima *e* l'ultima parola.

Ora continuò a studiare il marito, notando le rughe profonde intorno agli occhi, le labbra serrate, il debole pulsare di un muscolo della guancia, poi attaccò con il familiare ritornello. «Hai un aspetto terribile, e tutto perché quei due ti stanno facendo impazzire.»

Con la mano protetta dal guanto da forno tirò fuori un vassoio di muffin fumanti. «Sei riuscito a dormire stanotte?»

Ho dormito? si chiese Charlie. Gli doleva la testa e aveva lo stomaco in subbuglio. Si strinse nelle spalle senza rispondere.

La sera prima, quando era rincasato alle nove, Marge gli aveva chiesto di raccontarle del party, ma lui si era schermito. «Dammi il tempo di superare lo choc, per favore.»

Misericordiosamente, lei lo aveva accontentato, soprattutto perché una piccola stazione televisiva stava trasmettendo uno dei suoi vecchi film preferiti. Con un pacchetto di fazzolettini accanto e una tazza di tè sul tavolino, Marge era pronta a farsi un bel pianto.

Enormemente sollevato, Charlie si era versato una dose generosa di scotch per poi seppellirsi nei giornali della domenica.

A Marge era dispiaciuto dover rinunciare alla festa dei due fratelli, soprattutto per via dell'esilarante prospettiva di vedere la matriarca in collegamento. Ma aveva dovuto partecipare a una riunione, programmata da tempo, di vecchie compagne di scuola della St. Mary's Academy. Dal momento che aveva organizzato lei stessa la rimpatriata, naturalmente non poteva assolutamente mancare. Come le aveva fatto notare il marito, era caduta nella sua stessa rete.

Ora, Marge trasferì un muffin su un piatto e lo posò davanti a Charlie. «Non restare lì in piedi. Siediti e mangia come un normale essere umano.»

Protestare sarebbe stato inutile. Ubbidiente, lui accostò la sedia al tavolo mentre lei versava il caffè. Le sue vitamine erano già pronte accanto alla spremuta d'arancia.

Se solo avesse potuto chiamare i Badgett e dire che non sarebbe più andato a casa loro né in ufficio. Se solo avesse potuto restare seduto lì, con sua moglie, nella loro allegra cucina, a consumare con calma la colazione senza doversi più preoccupare dei due fratelli.

Marge stava spalmando un muffin di marmellata. «E ora raccontami della festa», gli disse. «Dalla faccia che avevi ieri sera, dev'essere stata orrenda. Il collegamento via satellite non ha funzionato?»

«Sfortunatamente era forte e chiaro.»

Lei lo guardò. «Sfortunatamente?»

«Mama Heddy-Anna era completamente ubriaca.» Charlie raccontò l'accaduto senza omettere nulla, e terminò con una vivace descrizione dell'anziana signora che faceva marameo ai notabili della North Shore, riuniti per festeggiarla.

Marge era frustratissima. «Non posso credere di essermi persa un simile spettacolo. Perché le feste a cui ti accompagno sono sempre noiose? E pensare che sono stata io a combinare la nostra riunione proprio questo giorno!»

Charlie finì di bere il caffè. «Non sai quanto vorrei essermelo perso io! Quei due oggi saranno di umore pessimo.» Era stato lì lì per dire che ormai era evidente a tutti i partecipanti al party che i fratelli Badgett non avevano più fatto ritorno in Wallonia, e riferire le parole pronunciate da Mama Heddy-Anna: «Quali cose cattive state combinando, per non trovare il tempo di venire a vedere la vostra mamma prima che muoia?»

Charlie non aveva mai avuto il coraggio di rivelare alla

moglie che quando aveva saputo che cosa era realmente successo in Wallonia era ormai troppo coinvolto nelle attività dei fratelli. I Badgett erano stati condannati in contumacia all'ergastolo nel loro paese di origine, per una serie di crimini a cui lui non voleva neppure pensare. Non sarebbero mai tornati in patria e lui non sarebbe mai riuscito a liberarsi di loro.

Provava qualcosa di simile alla disperazione quando baciò Marge sulla testa e, presi cappotto e ventiquattrore, uscì.

L'ufficio in cui Charlie lavorava, di proprietà dei Badgett, era a Rosewood, a un quarto d'ora di distanza dalla loro residenza. Junior e Eddie erano già lì quando lui arrivò, nell'ufficio privato del fratello minore, e con grande sorpresa dell'avvocato, sembravano tutti e due di buon umore. Charlie aveva temuto di trovarli in preda alla collera e pronti a scaricare su di lui la responsabilità di quanto era successo la sera precedente.

Durante il tragitto, si era preparato una specie di difesa: «Io vi avevo suggerito di effettuare la donazione, dare il party e consegnare il ritratto. Il collegamento via satellite è stata un'idea vostra».

Naturalmente, sapeva che non avrebbe mai potuto dire una cosa simile. Sarebbe stato imperdonabile alludere in modo meno che entusiasta all'apparizione della vecchia signora. A quel punto, i fratelli dovevano avere trovato qualcun altro a cui imputare il colossale fallimento della festa.

L'intrattenimento, si disse Charlie. Devono aver deciso che Nor Kelly e Billy Campbell non sono stati all'altezza della situazione. E se la prenderanno con Jewel e me per averli raccomandati. Mentre entrava nel parcheggio, ricordò improvvisamente come gli erano apparsi turbati i due artisti quando li aveva visti uscire dall'ufficio di Junior.

Probabilmente i fratelli avevano criticato il modo in cui avevano cantato *Happy Birthday* in walloniano. Fu con riluttanza che scese dalla macchina e si avviò stancamente verso l'edificio. Strascicando i piedi, raggiunse l'ingresso e prese l'ascensore per il quarto piano, completamente riservato alle imprese quasi legittime dei fratelli Badgett.

Il motivo di quella riunione era che Junior intendeva acquistare una concessionaria di Syosset la cui attività stava cominciando a incidere sui profitti di quelle già in loro possesso. La sua segretaria non era ancora arrivata e, mentre aspettava che la receptionist lo annunciasse, Charlie si chiese quanto tempo ci sarebbe voluto per concludere l'affare, prima che il proprietario si rendesse conto di non avere altra scelta che vendere ai Badgett.

«Gli dica di entrare.» La voce sonora di Junior rimbombò nell'interfono.

L'ufficio era opera dello stesso arredatore che tanti eccessi si era permesso nell'abitazione dei due fratelli. Una massiccia scrivania decorata in oro, carta da parati a righe pure d'oro, un tappeto marrone scuro con le iniziali dorate dei Badgett, pesanti tendaggi di seta marrone e un villaggio in miniatura chiuso nel vetro con una targa che recitava LA CASA DELLA NOSTRA INFANZIA, erano solo alcuni degli elementi più vistosi.

A sinistra della porta, un divano e alcune poltrone rivestite di un tessuto zebrato erano raggruppati intorno a un televisore da quaranta pollici fissato alla parete.

I fratelli erano sintonizzati sull'emittente televisiva locale. Junior fece cenno a Charlie di entrare e di sedersi. «Voglio ascoltare il notiziario», brontolò.

«Sono circa sei ore che il capannone andato a fuoco a Syosset sta bruciando», esordì il commentatore. «Due vigili del fuoco sono stati ricoverati in ospedale a causa delle esalazioni di fumo. Il proprietario del complesso, Hans Kramer, vittima di un attacco cardiaco, è stato trasportato al St. Francis Hospital, dove si trova attualmente in terapia intensiva...»

Comparvero alcune immagini dell'incendio, seguite da quelle di un pompiere che prestava le prime cure a Kramer.

«Basta così, Eddie. Spegni.» Junior si alzò. «Sta ancora bruciando, eh? Dev'essere stato un incendio coi fiocchi.»

«Impianto elettrico non a norma», commentò Eddie scuotendo il capo. «Succede, eh, Junior?»

Hans Kramer. Charlie conosceva quel nome. Kramer era andato a trovare Junior alla villa; era uno di quelli che avevano ricevuto un «prestito personale» dai fratelli. Erano stati loro, dunque. Quell'uomo non aveva pagato in tempo, Charlie ne era assolutamente certo, e per rappresaglia i due avevano dato fuoco al suo magazzino.

Era uno scenario che si era già presentato altre volte. Se la polizia riuscirà a provare che sono loro i mandanti, Eddie e Junior si troveranno ad affrontare un'imputazione per incendio doloso, rifletté, valutando rapidamente la situazione. E se Kramer dovesse morire, potrebbe aggiungersi quella di omicidio.

Ma, naturalmente, i Badgett non sarebbero mai stati chiamati in causa. Erano troppo prudenti. Sulla carta, il prestito che Kramer aveva contratto con loro indicava con tutta probabilità un tasso di interesse del tutto accettabile. E, ovviamente, il tizio che aveva materialmente appiccato l'incendio non sarebbe figurato sul loro libro paga. Per un'impresa del genere dovevano aver ingaggiato un esterno.

Ma se qualcosa dovesse collegare i Badgett all'incendio, pensò con crescente disperazione, toccherà a me aiutare qualcuno a dimenticare quello che sa o crede di sapere.

«Perché così tetro, Charlie?» lo apostrofò Junior. «È una splendida mattinata.»

«Sì, proprio una splendida mattinata», gli fece eco il fratello alzandosi.

«E come ha detto Jewel, la mamma è stata straordinaria», riprese Junior. «Ha sempre amato la grappa. Secondo Jewel, dopo che Eddie e io ci siamo trasferiti in ufficio, tutti hanno detto che è stata adorabile.»

«Sì», assentì Eddie con un sorriso nostalgico.

«E i due cantanti sono stati bravissimi, proprio bravissimi.»

Erano mesi che Charlie non vedeva Junior così di buon umore. Dopotutto, Jewel non è la testa vuota che pensavo, si disse. Se è davvero riuscita a convincere questi due che la Mama è piaciuta a tutti, dovrebbero farla ambasciatrice della Wallonia.

«Sono contento che Nor Kelly e Billy Campbell vi siano piaciuti», disse. «Sembravano così turbati quando li ho visti uscire dall'ufficio. Ho pensato che gli aveste detto che non eravate soddisfatti della loro esibizione.»

Avvertì immediatamente l'improvviso cambiamento di atmosfera. Junior lo guardò attraverso gli occhi socchiusi. Gli si erano imporporate le guance e quando parlò la sua voce era gelida. «Che cosa hai detto?»

Terrorizzato, Charlie lanciò un'occhiata a Eddie, il cui viso bovino era ora granitico. I dolci sentimenti evocati dal ricordo della mamma erano svaniti e le sue labbra erano serrate in una linea sottile.

«Ho detto soltanto...» la voce gli si spezzò, «...che sembravano un po' turbati quando li ho visti uscire dall'ufficio dopo il collegamento via satellite.»

«Perché non ce l'hai detto?»

«Non ce n'era motivo, Junior. Che cosa avrei dovuto dirvi? Credevo che lo sapeste.»

«Eddie, la porta della reception era aperta, vero?» chiese Junior.

«Sì.»

«D'accordo, Charlie. Avresti dovuto dirci che ci avevano seguiti. Avresti dovuto capire che era importante. Ora dovrai fare qualche telefonata ai nostri uccellini canori.» Una breve pausa, poi: «Credo che tu sappia di cosa sto parlando».

Immagino che questa sia la fine degli interrogatori, pensava Sterling mentre guardava gli agenti federali salutare Nor, Billy, Dennis e Sean. Nelle ultime due ore, avevano raccolto le loro deposizioni giurate e avevano persino chiesto a Nor e a Billy di disegnare una pianta di casa Badgett e di indicare dove si trovavano quando avevano sentito Junior ordinare l'incendio del capannone.

«Signora Kelly, è sicura che i Badgett non siano al corrente della vostra presenza nella stanza?» chiese nuovamente Rich Meyers, il capo degli investigatori, mentre prendeva la ventiquattrore. «Come vi ho spiegato, in caso contrario si presenterebbe la necessità di fornirvi una protezione adeguata.»

«Non credo che sappiano niente. Da quello che mi è sembrato di capire, se ci avessero visti probabilmente avrebbero annullato l'ordine.» Nor si aggiustò il nastro che le tratteneva i capelli. «Se con me avete finito, andrei a casa. Ho bisogno di un bel bagno e di un paio di ore di sonno.»

Meyers annuì comprensivo. «Un'ottima idea. Resteremo in contatto, naturalmente. Nel frattempo, continuate a comportarvi come al solito.»

Facile a dirsi, sbuffò Sterling. Sfortunatamente, non è così che andranno le cose.

Usciti i federali, O'Brien indugiò ancora qualche momento. «Vi terrò informati», promise.

«Dennis, perché non ti prendi la giornata libera?» suggerì Nor. «Al bar può pensare Pete.»

«E perdere tutte le mance del fine settimana? Non ci penso nemmeno.» Dennis sbadigliò. «Meglio che mi metta al lavoro. Abbiamo un'altra comitiva a pranzo, Nor.»

«Non l'ho dimenticato, ma dovranno cavarsela senza di me. Ci vediamo più tardi.»

Quando la porta si chiuse dietro Dennis, Billy disse: «Mance del fine settimana? Figurarsi. Vuole semplicemente essere a portata di mano in caso di guai».

«Lo so. Non vuoi cercare di dormire un po', Billy? Non scordare che stasera abbiamo altre due esibizioni.»

«La prima cosa che devo fare è controllare i messaggi sulla segreteria telefonica. Con un paio di amici avevamo parlato di vederci a colazione in settimana.»

Nor infilò il cappotto. «E pensare che ci siamo infilati in questo pasticcio proprio per un messaggio registrato. Sarebbe stato diverso se avessimo potuto salvare il capannone, ma ora la prospettiva di testimoniare contro quei due mi spaventa.»

«Cerca di tenere a mente che loro non sanno che li abbiamo sentiti.» Billy pigiò il pulsante di ascolto della segreteria.

Sterling pensava a Charlie Santoli. Forse non dirà di averli visti, si augurò. Ma quello che sapeva degli avvenimenti futuri gli suggeriva che non sarebbe stato così.

«Ci sono due nuovi messaggi», annunciò la voce registrata.

Il primo era di un amico che proponeva di incontrarsi a colazione il giorno seguente. «Non richiamarmi, a meno che domani non vada bene per te», diceva. Il secondo era del dirigente della casa discografica che la sera prima gli aveva offerto un contratto.

«Billy, so che il preavviso è breve, ma Chip Holmes, uno dei nostri alti dirigenti, sta per arrivare in città e sarebbe lieto di incontrarla oggi. Scenderà al *St. Regis Hotel.* Potrebbe raggiungerci per un drink verso le cinque e mezzo? Mi faccia sapere.»

«Qualcosa mi dice che stai per sfondare», si entusiasmò Nor. «Chip Holmes. Fantastico. Se gli piaci... Be', con quella casa discografica il solo limite è il cielo. Non sarai più solo un cantante con delle potenzialità. Investirà denaro sonante su di te.»

«Sì, è esattamente quello di cui ho bisogno», assentì Billy. «Non voglio essere l'ennesimo artista con un solo successo al suo attivo. Sai anche tu quanti dei ragazzi che sfondano presto a trentacinque anni si ritrovano a dare disperatamente la caccia a un ingaggio. Parliamoci chiaro, in questo settore io sono già abbastanza avanti negli anni.»

«Ti capisco, ma so che ce la farai», cercò di rassicurarlo la madre. «Ora devo proprio scappare. In bocca al lupo. Ci vediamo stasera. Voglio che mi racconti tutto.»

Sulla porta, Nor tornò a voltarsi. «Ho sempre giurato che non ti avrei mai dato consigli, ma questa volta non posso farne a meno. Esci per tempo se vuoi arrivare all'appuntamento puntuale. Oggi il traffico sarà caotico.»

«Andrò in treno», rispose distrattamente Billy, prendendo la chitarra.

«Buona idea.»

Uscita Nor, Sterling si lasciò cadere su una poltroncina e allungò le gambe. Rimase ad ascoltare Billy che pizzicava le corde canticchiando il testo scritto su un foglietto spiegazzato.

Sta provando dei pezzi nuovi, pensò. Ritmati, ma con una bella vena malinconica di fondo. È bravo, e io ho sempre avuto orecchio per la musica.

Il telefono squillò quarantacinque minuti dopo. Billy rispose, rimase in ascolto per qualche istante, poi in tono nervoso chiese: «Chiama dalla Badgett Enterprises, ha detto? Che cosa posso fare per lei?»

Sterling si alzò e in due passi gli fu accanto.

All'altro capo del filo, Charlie Santoli cominciò a parlare, odiandosi sempre più a ogni parola che pronunciava. «Sono un rappresentante della società. La chiamo perché, come forse saprà, i fratelli Badgett sono noti filantropi e hanno messo a punto un importante programma di borse di studio per i bambini della zona. Hanno apprezzato moltissimo la sua esibizione di ieri sera e sanno che ha una figlia.»

Sterling vide il viso di Billy irrigidirsi. «Che cosa ha a che fare tutto questo con mia figlia?»

«Ha parecchio a che fare con il suo avvenire. I Badgett sanno che il futuro di un artista è sempre incerto e sarebbero felici di garantire a Marissa la possibilità di frequentare un buon college tra una decina di anni.»

«Perché dovrebbero fare una cosa del genere?» Nella voce di Billy si era insinuata una nota di collera.

«Perché a volte capita di ascoltare osservazioni scherzose che, se ripetute, possono assumere significati diversi ed essere male interpretate. Se questo accadesse, i Badgett ne sarebbero molto contrariati.»

«Mi sta minacciando?»

Ovviamente sì, pensò Charlie. È il mio lavoro. Si schiarì la gola. «Le sto offrendo la possibilità di far assegnare a sua figlia un fondo fiduciario di centomila dollari. Junior e Eddie Badgett sarebbero felicissimi se lei accettasse. D'altro canto, rimarrebbero sgomenti se dovesse ripetere avventatamente osservazioni che si prestano a essere equivocate.»

Billy si alzò. La cornetta urtò Sterling, che trasalì.

«Senta, rappresentante della Badgett Enterprises, chiunque lei sia, dica a quei due che mia figlia non ha bisogno dei loro soldi. Posso provvedere io alla sua istruzione, senza aiuto da parte di nessuno... e quanto alle osservazioni 'scherzose', non so di che cosa stia parlando.»

Riappese con forza e si lasciò andare sul divano, le mani strette a pugno. «Sanno che li abbiamo sentiti», disse ad alta voce. «Che cosa facciamo adesso?»

Il Consiglio Celeste assisteva allo svolgersi degli eventi con attenzione rapita. La telefonata di Charlie Santoli a Billy Campbell suscitò un'immediata reazione.

«Quel Santoli farebbe bene a stare attento», brontolò il monaco.

«Sarà meglio che non venga a piangere da noi quando arriverà il suo momento.» Gli occhi del pastore ardevano di collera.

«Non è questo che gli hanno insegnato le sorelle al St. Francis Xavier», commentò tristemente la suora.

L'espressione della regina era grave. «Farà bene a svegliarsi prima che sia troppo tardi.»

«Lui vorrebbe essere buono», intervenne caritatevole l'infermiera.

«In questo caso, mia cara signora, Charles Santoli farebbe bene a cambiare rotta, e a farlo in fretta», tuonò l'ammiraglio.

«Credo che Sterling stia cercando di mettersi nuovamente in contatto con noi», intervenne la nativa americana. «Sta mostrando grande umiltà. Vuole portare a termine la missione, e non ha paura di chiedere aiuto.»

«È sempre stato capace di provare sentimenti profondi», commentò il pastore, che si era un po' calmato. «Mi è piaciuta l'espressione dei suoi occhi mentre guardava Marissa dormire.»

Sterling raggiunse Marissa proprio mentre infilava i pattini nella cartella e correva fuori, verso l'auto. Quando aveva capito che Billy intendeva concedersi qualche ora di sonno, prima dell'appuntamento con il discografico, Sterling aveva deciso di lasciarlo per trasferirsi a casa della bambina.

Arrivò giusto in tempo per unirsi a lei e a Roy, che stavano uscendo. Erano diretti alla pista di pattinaggio e con loro c'erano anche i gemelli. Strizzato tra i due bambini, Sterling era continuamente costretto a schivare braccia mulinanti che lo attaccavano da entrambi i lati. La mascella gli doleva ancora per l'incontro con la cornetta, e a un anno di età, Roy Junior aveva già un ottimo destro.

Ma sono bambini simpatici, ammise con un po' di riluttanza, ed è affascinante vedere come reagiscono a quello che colpisce la loro attenzione. È un peccato che io non abbia avuto fratelli. Se ne avessi avuto uno, forse non mi sarei tenuto così accuratamente alla larga dai bambini per tutta la vita.

Gli tornò in mente quando aveva fatto da padrino a un battesimo e il piccolo gli aveva bagnato di saliva il suo elegante gessato. Era la prima volta che lo mettevo, ricordò.

Davanti, Roy stava dicendo a Marissa: «A quanto ho capito, oggi la nonna ti insegnerà a fare lo strudel».

Proprio eccitante, non poté fare a meno di pensare Sterling, e Marissa sembrava essere d'accordo con lui, perché rispose educatamente: «Lo so. La nonna è molto cara».

Roy ebbe un sorriso benevolo. «Io ne voglio almeno due fette.»

«Va bene, ma non dimenticare che devo tenerne da parte due per papà e NorNor.»

Non è facile fare il genitore acquisito, si disse Sterling, che provava molta solidarietà per Roy. Marissa lo tiene sempre alla larga. Se lo avessi conosciuto meglio, non sarei stato così pronto a definirlo una noia.

Ma guida come una lumaca, aggiunse fra sé e sé, e si scoprì perfettamente d'accordo con Marissa che stava pensando: «Forza, su. La lezione sarà finita prima del mio arrivo».

Assomiglia molto a Nor, decise.

Una volta arrivati, Marissa ringraziò il patrigno, lo baciò sulla guancia e rivolse un saluto ai gemelli prima di precipitarsi fuori dalla macchina.

Sterling passò sul sedile del passeggero e colse un'espressione sorpresa sul visetto di Roy Junior. Avverte la mia presenza, pensò. Stanno cominciando ad avvertirla entrambi. I bambini hanno una comprensione istintiva del metafisico. Peccato che la perdano lungo la strada.

Raggiunse Marissa e la ascoltò chiacchierare con gli amici.

La signorina Carr era l'insegnante che lui avrebbe visto l'anno successivo sulla pista di pattinaggio del Rockefeller Center. La donna soffiò in un fischietto e dieci bambini, tutti un paio di anni più grandi di Marissa, si inoltrarono sul ghiaccio.

Alcuni erano molto bravi, ma Marissa era semplicemente eccezionale. Che carattere forte, pensò Sterling guardandola fare due capitomboli. Non fa altro che rialzarsi, darsi una scrollatina e tentare di nuovo.

Alla fine della lezione, una delle bambine si rivolse a Marissa. «Mia sorella ha ricevuto il singolo di tuo papà per Natale, e vorrebbe chiederti di farlo autografare.»

La piccola scoppiava di orgoglio ma, notò Sterling con un certo divertimento, cercava di mostrasi indifferente mentre rispondeva: «Oh, certo. A lui piace fare autografi per i miei amici».

«Sta scrivendo un'altra canzone?» chiese l'altra.

«Sta sempre scrivendo una nuova canzone.»

«Digli di scriverne una su di noi!»

Marissa ridacchiò. «Prima deve comporne una su di me!»

Otto anni il ventiquattro, e traboccante di amore per il suo papà, sospirò Sterling. E così vicina a esserne separata per un lungo periodo. Be', adesso devo andare. Lanciò un'ultima occhiata alla bambina e lasciò la pista per tornare a casa di Billy. Contava di accompagnarlo all'appuntamento e non vedeva l'ora di trovarsi di nuovo a Manhattan.

Ma sto cominciando a conoscere proprio bene il Madison Village, considerò. I suoi passi sulla neve producevano uno scricchiolio che solo lui poteva udire. *Devo ammettere che è un posto davvero carino in cui vivere.*

«Allora, come te la sei cavata con il nostro bel cantante?» Domandò Eddie.

Era in piedi alle spalle di Junior che, come un giudice in procinto di emettere la sentenza, sedeva ben eretto alla sua scrivania.

«Non molto bene.» Charlie aveva le mani madide di sudore. «Ho parlato con Campbell, gli ho offerto una borsa di studio per la figlia e spiegato che voi rimarreste davvero dispiaciuti se osservazioni fatte per scherzo venissero interpretate erroneamente.»

«Sì, sì, quello che hai detto tu lo sappiamo», fece Eddie, impaziente. «Ma che cosa ha risposto lui?»

Non c'era modo di schivare la domanda. «Ha detto di riferirvi che può provvedere da solo all'educazione della figlia e che non capisce che cosa intendiate parlando di osservazioni scherzose. Poi ha riattaccato.»

Charlie sapeva di non poter addolcire la reazione di Billy. Se ci avesse provato, i fratelli lo avrebbero capito all'istante. Il fatto che Eddie gli rivolgesse quelle domande significava che era arrivato il momento di passare alla fase successiva. Coercizione. E se neanche questo avesse funzionato...

«Sparisci, Charlie», ordinò Junior. «Mi dai la nausea. È tutta colpa tua.» Guardò il fratello e annuì.

Charlie scivolò fuori dell'ufficio. Entro stasera, Billy Campbell e sua madre riceveranno un avvertimento che forse li convincerà a tacere. Speriamo che lo prendano sul serio, pregò angosciato.

Per l'ennesima volta, maledisse il giorno in cui, quindici anni prima, i Badgett si erano presentati nel suo piccolo studio nel Queens per chiedergli di rappresentarli nell'acquisto di una catena di lavanderie. Avevo bisogno di lavorare, pensò, e non feci abbastanza domande. La verità era che non volevo conoscere le risposte. Be', ora le conosco anche troppo bene.

A casa, Nor si rilassò nella vasca da bagno, e dopo essersi lavata i capelli, indossò il pigiama. La telefonata del figlio distrusse ogni sua speranza di dormire.

Con il cuore in gola, lo ascoltò riferirle la conversazione avuta con il «rappresentante della Badgett Enterprises».

«Ho chiamato quell'agente dell'FBI, Rich Meyers, e gli ho lasciato un messaggio. Poi ho cercato Sean, ma era fuori anche lui. Non ti ho chiamata subito, mamma, perché detestavo l'idea di turbarti, ma devi essere informata di quello che sta succedendo.

«È ovvio, Billy. Dunque, in qualche modo quella gente ha scoperto che ci trovavamo lì. Forse c'erano delle telecamere nascoste.»

«Forse. Oppure qualcuno ci ha visti uscire.»

Nor si rese conto che stava tremando. «Sai chi era al telefono?»

«Non ha fatto nomi, ma, dalla voce, credo fosse quel tizio che ieri ci ha detto che cosa avremmo dovuto cantare.»

«Me lo ricordo. Piuttosto nervoso e con l'aria ambigua.»

«Proprio lui. Senti, è meglio che mi muova. Prendo il treno delle tre per Manhattan.»

«Stai attento, Billy.»

«Dovresti dirmi 'in bocca al lupo'.»

«Questo te l'ho già detto.»

«Hai ragione. Ci vediamo più tardi, mamma.»

Meccanicamente, Nor posò la cornetta sulla forcella. In bocca al lupo. Un tempo aveva lavorato in un night club il cui proprietario aveva ritardato a estinguere un debito contratto con gente come quei Badgett. Come primo avvertimento, gli avevano rotto una gamba.

E benché Billy sembrasse non rendersene ancora conto, il suo interlocutore aveva nominato Marissa. Cercheranno di arrivare a lui attraverso la bambina? si chiese disperata.

Compose il numero di Sean O'Brien, sperando contro ogni probabilità di trovarlo. Lui sapeva molte cose sui Badgett; forse avrebbe potuto anticipare la loro prossima mossa. Abbiamo già rilasciato una deposizione, rifletté. Se anche volessimo, come potremmo ritrattare?

Conosceva la risposta. Non era che non *potessero* ritrattare. Era che non *volevano* farlo.

Sono stato abituato a presentarmi sempre in giacca e cravatta a un appuntamento di affari, pensava Sterling mentre seguiva Billy sul treno per Manhattan.

Invece, per l'incontro con Chip Holmes, il cantante aveva scelto un paio di vecchi jeans, una camicia azzurra piuttosto ampia e una giacca di pelle.

Non mi abituerò mai a queste nuove mode. D'altra parte, alla fine dell'Ottocento, quando mia madre era giovane, le donne portavano corsetti, stivaletti con i bottoncini, cappellini e gonne lunghe fino a terra. Sterling sospirò, provando un'improvvisa nostalgia per l'aldilà, dove certe preoccupazioni semplicemente non esistevano.

Si accomodò accanto a Billy, che aveva trovato un posto libero vicino al finestrino. Anch'io cercavo sempre di sedermi vicino al finestrino, rammentò. Ogni volta che andavo con Annie a trovare i nostri amici a Westport, ero sempre io ad accaparrarmelo e lei non si lamentava mai. Mi chiedo se è a questo che si riferiva il Consiglio Celeste quando mi ha accusato di essere «passivo-aggressivo».

L'aspetto preoccupato di Billy gli diceva quanto fosse

turbato da ciò che stava accadendo e Sterling si sentì sollevato quando lo vide chiudere gli occhi. Forse, si augurò, sarebbe riuscito a rilassarsi un po'. Aveva bisogno di essere in forma per l'incontro con quel Chip Holmes.

Il treno era un locale che impiegò trentacinque minuti per arrivare a Jamaica, nel Queens. Da lì, i due presero la metropolitana per la Cinquantanovesima, a Manhattan.

Siamo in anticipo di un'ora, notò Sterling mentre salivano le scale che li avrebbero portati in strada. Stava scendendo la sera e tutte le vetrine scintillavano di luci e decorazioni natalizie. Spero che Billy decida di ammazzare il tempo facendo una passeggiata. Sono quarantasei anni che non vedo questa parte di Manhattan. Sembra uguale eppure diversa, considerò. *Bloomingdale's* non cambierà mai. Però non vedo *Alexander's*. Mi piaceva vivere qui, pensò, mentre si guardava intorno. In tutto il mondo non c'è un altro posto come questo.

Seguì Billy fino a Park Avenue. Gli alberi dello spartitraffico splendevano di luci. L'aria era fredda e frizzante e Sterling la aspirò a pieni polmoni. L'odore dei sempreverdi gli ricordò altri Natali.

Puntarono verso il centro e oltrepassarono il 475 di Park Avenue. Era qui che abitava il mio capo, rammentò Sterling. Invitava sempre Annie e me alla sua festa di Capodanno. Chissà che ne è stato di lui. Non l'ho mai notato in sala d'attesa e neppure visto passare davanti alla finestra.

Proprio in quel momento un uomo molto anziano uscì a passi lenti dall'edificio e disse al portiere: «Il mio autista è in ritardo. Mi chiami un taxi, per favore, ragazzo».

Sterling sussultò. Era lui, Josh Gaspero! Deve avere almeno cent'anni! Mi piacerebbe salutarlo, ma dall'aspetto direi che lo vedrò piuttosto presto.

Billy intanto lo aveva distanziato di circa mezzo isolato, e Sterling si precipitò sulla sua scia. Si voltò parecchie volte a osservare il suo ex capo che batteva impaziente il bastone sul marciapiede. Non è cambiato, pensò con affetto.

Il *St. Regis* era sulla Cinquantacinquesima, ma Billy continuò a dirigersi a sud di Park Avenue. All'altezza della Quindicesima, girò a destra e puntò a ovest verso il Rockefeller Center.

Eccomi di nuovo qui, pensò Sterling. Che posto fantastico dove trovarsi sotto Natale. Scommetto che so perché Billy ha voluto venirci. Cinque minuti dopo, erano davanti al magnifico albero decorato con migliaia di lampadine, e guardavano verso la pista di pattinaggio.

È qui che è cominciato tutto, pensò Sterling con un sorriso. Che comincerà l'anno prossimo, a dire la verità. Insieme, osservarono i pattinatori e ascoltarono la musica che arrivava fino a loro. Scommetto che Billy è stato qui con Marissa. Guardò il cantante. È evidente che sta pensando proprio a lei.

Billy si volse per andarsene e Sterling lo seguì attraverso la Quinta Avenue e su per i gradini della cattedrale di San Patrizio. Vuole fermarsi a dire una preghiera, pensò. Gli bastò entrare all'interno della maestosa chiesa per avvertire una profonda nostalgia. Nella sua mente affiorò il ricordo della gioia e della pace che aveva colto sui volti di chi si preparava a varcare i cancelli del paradiso. Con la testa china, si inginocchiò accanto a Billy, che aveva acceso una candela davanti a un altare laterale.

Sta pregando per il suo futuro sulla terra, mentre io

prego per il mio nell'eternità. Essere in cielo anche solo un'ora prima del Natale... Sterling sentì le lacrime riempirgli gli occhi e bisbigliò: «Ti prego, aiutami a completare la mia missione sulla terra, così che io possa essere degno di Te».

Quando lasciarono la chiesa, pochi minuti dopo, si sentiva a un tempo pieno di gratitudine e rimpianto. Sapeva che stava finalmente imparando ad apprezzare il dono della vita terrena e quello della vita eterna.

Al *St. Regis Hotel*, Billy entrò nel *King Cole Bar*, sedette a un tavolino e ordinò una Perrier.

Oh, sono cambiate parecchie cose, notò Sterling guardandosi intorno. Ma il murale di Maxfield Parrish è ancora al suo posto dietro il bancone. L'ho sempre amato.

Erano quasi le cinque e il bar si andava riempiendo. Ho incontrato qui molti amici per un aperitivo dopo l'ufficio, rammentò Sterling. Proprio come fanno ancora adesso. Ritrovarsi, godere della reciproca compagnia... questo, almeno, non cambierà mai.

Due giovani donne sedute a un tavolo vicino sorridevano con fare accattivante a Billy, troppo immerso nei suoi pensieri per notarle.

Alle cinque e venti, il giovane cominciò a prepararsi per l'incontro. Raddrizzò le spalle, e sorseggiando l'acqua minerale, si spostò in modo da tenere d'occhio la porta. Dieci minuti dopo, quando il dirigente che aveva cenato al *Nor's Place* comparve in compagnia di un uomo quasi calvo dai gesti rapidi, Billy era il ritratto del fascino.

Si spostarono a un tavolo più grande. Ma c'è sempre posto per un quarto, si disse Sterling mentre occupava la sedia rimasta vuota. Studiò i nuovo arrivati e impiegò solo pochi istanti per capire che Chip Holmes era il responsabile della casa discografica, mentre Eli Green dirigeva l'ufficio di New York.

Holmes era il classico tipo che andava subito al sodo e non amava perdersi in chiacchiere. «Lei è in gamba, Billy, molto in gamba. Il suo modo di cantare ha qualcosa che mi fa pensare che arriverà lontano.»

È quello che ho detto anch'io, pensò Sterling.

«E per di più ha un bell'aspetto, il che non guasta in questo mestiere...»

Sterling applaudì in silenzio l'atteggiamento che il suo protetto mantenne per tutta la mezz'ora del colloquio. Sembrava perfettamente sicuro di sé, e pur mostrando di apprezzare le osservazioni di Holmes, non si stese ai suoi piedi quando quello gli offrì un ottimo contratto e la promessa di assicurargli tutto il sostegno necessario.

«La faremo lavorare con uno dei nostri migliori producer. Vuole cominciare il prima possibile. L'anno prossimo di questi tempi sarà una stella, Billy.»

La riunione si sciolse tra cordiali strette di mano e parole di gratitudine da parte di Billy.

Ottima mossa, pensò Sterling. Durante la discussione lo hai impressionato con la tua compostezza, ma alla fine hai saputo anche dimostrare la tua soddisfazione. Conosco il tipo. Adora esercitare la sua influenza.

Nella hall, Billy consultò l'orario ferroviario e controllò l'ora. Avrebbe cercato di prendere il treno delle sei e cinquanta da Jamaica, comprese Sterling. Non rimaneva molto tempo, ma era un espresso, mentre quello successivo era un locale.

Coprirono i sette isolati che li separavano dalla Cinquantanovesima nella metà del tempo impiegato ad arrivare all'albergo. Billy sta camminando a mezzo metro da terra, pensò Sterling. Per il momento, almeno. Sono sicuro che invece di pensare ai Badgett sta riflettendo su quello che il nuovo contratto significherà per il suo futuro.

Si affrettarono lungo i gradini della metropolitana e sulla banchina affollata. Billy si protese oltre la linea di sicurezza per vedere le luci del treno emergere dal tunnel.

Accadde in un lampo. Un uomo robusto si materializzò come per incanto dietro di lui e con una spallata lo mandò a barcollare sul bordo della banchina. In preda al panico, Sterling cercò di afferrarlo, ma il suo braccio attraversò il corpo di Billy.

Stava arrivando il treno. Cadrà, pensò Sterling, impotente. Una donna urlò e nello stesso istante l'uomo robusto trascinò Billy verso la salvezza e subito scomparve tra la folla, diretto all'uscita.

Le porte del treno si aprirono. Ancora confuso, Billy si fece da parte mentre i passeggeri scendevano.

«Sta bene?» gli chiese qualcuno.

«Sì, bene», rispose lui. Salì e si aggrappò al sostegno vicino alla porta, stringendolo forte.

«Si rende conto di quanto è stato fortunato?» lo apostrofò un'anziana signora. «Non si dovrebbe stare così vicini al bordo.»

«Lo so, è stato sciocco da parte mia», annuì lui, poi le volse le spalle, sforzandosi di normalizzare il respiro ancora affrettato.

Non è stato sciocco, pensava Sterling sgomento. Billy non si è reso conto di essere stato spinto. La banchina era gremita; di sicuro pensa che sia stata la pressione della folla a fargli perdere l'equilibrio, e che qualcuno lo abbia afferrato appena in tempo.

Il treno avanzava sobbalzando e ondeggiando. Arrivarono a Jamaica appena in tempo per prendere il treno delle sei e cinquanta per Syosset.

Durante tutto il tragitto, Sterling si dibatté tra mille pensieri inquietanti: quello che era accaduto nella stazione della metropolitana non era stato un incidente. Quale sarebbe stata la prossima mossa dei fratelli Badgett?

Lee Kramer sedeva sola nella piccola sala d'attesa riservata ai famigliari dei pazienti ricoverati in unità intensiva. Tranne che per i pochi minuti passati al capezzale del marito, era rimasta lì fin da prima dell'alba, quando aveva seguito l'ambulanza in ospedale.

Un grave attacco cardiaco. Quelle parole le echeggiavano nella mente. Hans, che in ventidue anni di matrimonio non aveva mai avuto neppure un raffreddore.

Lee si sforzò di ripetersi che secondo il medico le condizioni del marito si erano stabilizzate. A sentire lui, Hans era stato fortunato. La presenza dei vigili del fuoco con l'attrezzatura necessaria gli aveva salvato la vita.

Ha dovuto sopportare troppo stress, pensò Lee. L'incendio è stato il colpo di grazia.

Alzò gli occhi quando la porta si aprì, poi distolse lo sguardo. Erano passati parecchi amici durante la giornata, ma non conosceva l'uomo dai capelli scuri e il viso serio che era appena entrato.

L'agente dell'FBI Rich Meyers era andato all'ospedale nella speranza di poter scambiare qualche parola con

Hans Kramer. Impossibile, aveva decretato l'infermiera, poi però aveva aggiunto che la moglie era in sala d'attesa.

«Signora Kramer?»

Lee si voltò. «Sì, è successo...»

La tensione che la attanagliava era evidente; aveva l'aria di chi ha appena ricevuto un pugno allo stomaco. I corti capelli biondo cenere, gli occhi azzurri e la carnagione chiara dissero a Meyers che con tutta probabilità era anche lei di origine svizzera.

Quando le mostrò il tesserino, un'espressione allarmata si dipinse sul viso della donna. «FBI?» chiese incredula.

«Stiamo valutando la possibilità che l'incendio scoppiato al capannone di suo marito sia di origine dolosa.»

«Dolosa? Chi mai potrebbe aver fatto una cosa simile?»

Meyer sedette di fronte a lei. «Sa qualcosa di prestiti che suo marito potrebbe avere contratto?»

Lee si portò una mano alla bocca e dalle sue labbra scaturì un torrente di parole. «Quando gli affari hanno cominciato ad andar male, abbiamo acceso una seconda ipoteca sulla casa per la cifra massima che la banca è stata disposta a concederci. Poi c'è l'ipoteca sul capannone, ma solo nella misura in cui ci è stato possibile. So che è assicurato per un valore inferiore a quello reale. Hans era così sicuro che se fosse riuscito a tener duro un altro po', gli affari sarebbero decollati. È molto in gamba, sa. Il programma di software che ha progettato è perfetto.» La voce le tremò. «Ma ora che cosa importa tutto questo? Se ce la farà...»

«Signora Kramer, oltre alle ipoteche, sa di eventuali altri prestiti?»

«Non ne sapevo nulla, ma stamattina, quando abbiamo ricevuto la chiamata, ha detto qualcosa del tipo: 'Ho preso in prestito un sacco di denaro...'»

Il viso di Meyers non tradiva nulla. «Le ha detto anche da chi?»

«No, non ha aggiunto altro.»

«Dunque probabilmente lei non sa se ieri sera ha fatto una telefonata e lasciato a qualcuno un messaggio riguardante un prestito?»

«No, non ne so niente. Ma ieri sera era molto agitato.»

«Signora Kramer, suo marito ha un cellulare?»

«Sì.»

«Vorremmo la sua autorizzazione a controllare le telefonate fatte dal cellulare e dal telefono fisso per verificare se ieri sera ha effettuato una chiamata.»

«Chi avrebbe dovuto chiamare?»

«Delle persone che non concedono proroghe.»

Il cuore che le batteva forte, Lee aveva quasi paura a formulare la domanda successiva. «Hans è nei guai?»

«Con la legge? No. Vogliamo semplicemente parlare con lui di quel prestito. Il dottore ci dirà quando sarà possibile vederlo.»

«*Se* sarà possibile», lo corresse lei.

Charlie Santoli aveva lasciato l'ufficio dei Badgett il più rapidamente possibile, dopo essere stato rimproverato per non essere riuscito a comperare il silenzio di Billy Campbell, ma alle quattro Junior lo mandò nuovamente a chiamare.

Percorse a passi rapidi il corridoio e girò l'angolo, diretto all'ufficio che i due fratelli condividevano. La loro fedele segretaria era alla sua scrivania. Anni prima, Charlie aveva pensato che perfino da bambina Lil doveva aver avuto un aspetto combattivo. Ora che aveva superato i cinquanta, i suoi lineamenti si erano come congelati in un cipiglio perenne. Ciononostante, a lui Lil piaceva e probabilmente era l'unica persona nel palazzo a non avere paura di Junior.

La donna alzò gli occhi ingranditi dalle lenti e con il pollice gli fece cenno di entrare. Poi, con una voce resa rauca da anni di fumo, disse: «L'umore è leggermente migliorato». Fece una pausa. «Dovrebbe importarmene qualcosa?»

Charlie sapeva che non si aspettava una risposta. Tirò un profondo respiro e aprì la porta.

Junior e Eddie sedevano sulle poltrone zebrate, con un bicchiere in mano. A fine giornata, si concedevano spesso un drink prima di salire sulla loro limousine e tornare a casa. Se Charlie era con loro, di solito si serviva dal bar.

Ma non quel giorno. Non gli venne offerto nulla, e neppure fu invitato ad accomodarsi.

Junior lo guardò. «Nel caso che quel Campbell si faccia furbo, il programma di borse di studio dev'essere operativo. Tutti sanno che abbiamo appena dato un sacco di soldi per gli anziani, ora tocca ai giovani. Pensa tu ai dettagli. Trova nove bambini con doti eccezionali, tutti coetanei della piccola Campbell. Pensiamo che sarebbe simpatico regalare anche a loro una borsa di studio.»

Sta scherzando, fu il primo pensiero di Charlie. Poi, esitando, replicò: «Credo sarebbe opportuno che alcuni dei beneficiari fossero un po' più grandi. Come spieghereste ai media che intendete concedere dieci borse di studio a bambini delle elementari quando alle superiori ci sono ragazzi che ne hanno bisogno ora?»

«Non è questo che ci interessa», abbaiò Eddie. «Noi vogliamo lavorare per il futuro. E se Campbell sarà abbastanza furbo da ripensarci, inseriremo sua figlia tra quei bambini.»

«Marissa ha buoni voti ed è una pattinatrice in gamba», riprese Junior, mordendo l'estremità di un sigaro. «Trova altri bambini dotati come lei.»

Charlie aveva lo stomaco sottosopra. *Come fa a sapere tutte queste cose sul conto di Marissa Campbell*?

«Naturalmente, se non riuscirai a persuadere Campbell a ritrattare, non ci sarà alcun bisogno di istituire un fondo.» La voce di Junior era pacata. «Non ti tratteniamo oltre, Charlie. Sappiamo che hai parecchio da fare.»

Di nuovo nel suo ufficio, Santoli cercò di calmarsi. Per quanto pessimi soggetti, Junior e Eddie non si erano mai interessati ai figli dei loro nemici.

Ma quei due... si scoprì a pregare che Billy Campbell rinsavisse e accettasse la proposta della borsa di studio.

Scuotendo la testa, prese la pratica sulla concessionaria che i Badgett intendevano comperare. Aveva pensato di dedicarle tutta la giornata, ma era stato troppo agitato per concentrarsi.

Alle sei e mezzo chiuse la cartella e si alzò. Si era già messo il cappotto quando squillò il telefono. Riluttante, sollevò la cornetta.

Una voce bassa e rauca che non riconobbe disse: «Charlie, il capo mi ha detto di farti sapere che Billy Campbell ha rischiato di finire sotto un treno della metropolitana, ma io l'ho salvato».

Poi la comunicazione venne interrotta.

Lentamente, Charlie riagganciò. In tutti gli anni passati a lavorare per i Badgett, la cosa peggiore che gli era toccato fare era parlare a potenziali testimoni così come aveva fatto con Billy Campbell, e successivamente provvedere ai pagamenti. Non si era mai spinto oltre. In qualunque momento avrebbero potuto accusarlo di manipolare i testimoni, ma questa era una faccenda più seria. Vogliono coinvolgermi in qualunque cosa accadrà a Campbell e a sua madre, nel caso non riuscissi a convincerli a tenere la bocca chiusa, pensò. Non ho mai visto Junior e Eddie dell'umore di oggi, e so che è perché sono molto preoccupati.

Chiuse la porta e si avviò verso l'ascensore. Anche se Billy Campbell e Nor Kelly avessero acconsentito a dimenticare ciò che avevano udito, questo sarebbe stato sufficiente a garantire loro l'incolumità?

Charlie ne dubitava.

Il *Nor's Place* era pieno di gente quando alle otto Billy e Sterling fecero ritorno. Era ora di cena e il bar era affollato. Nor stava chiacchierando con dei clienti, ma sembrava che avesse gli occhi anche dietro la testa, perché si voltò nell'attimo stesso in cui il figlio fece il suo ingresso nel locale. Si affrettò ad andargli incontro.

«Allora, com'è andata?»

Billy sogghignò. «Chip Holmes va pazzo per 'quel non so che della mia musica'.»

Un'ottima imitazione del discografico, pensò Sterling.

Nor aveva gettato le braccia al collo del figlio. «Oh, Billy, è fantastico!» Chiamò con un cenno un cameriere. «Nick, dobbiamo festeggiare. Portaci una bottiglia di Dom Perignon.»

Un bicchiere d'acqua non mi dispiacerebbe, pensò Sterling. Mentre prendeva posto sulla sua solita sedia al tavolo di Nor, si sentì aggredire da mille ricordi.

I suoi genitori che aprivano una bottiglia di Dom Perignon per il suo venticinquesimo compleanno...

Un'altra dose di «bollicine» quando era stato ammesso all'esercizio della professione forense...

Quel magnifico giorno di ottobre in cui con Annie e un'altra coppia erano andati a visitare la casa di Roosevelt, in Hyde Park. Sulla via del ritorno, si erano fermati per un pic nic alle Palisades, e Annie li aveva sorpresi tirando fuori una bottiglia di champagne ghiacciato e quattro bicchieri.

Dopo il mio, ho vuotato metà del suo, ricordò. Oh, Annie!

Deglutì per sciogliere il nodo che gli stringeva la gola e solo in quel momento si rese conto di non aver ascoltato la conversazione. Billy aveva evidentemente raccontato della riunione alla madre, perché lei stava dicendo: «È fantastico, tesoro. Sei sulla strada giusta».

Non si erano accorti dell'ingresso di Sean O'Brien e alzarono gli occhi, un po' sorpresi, quando lui li raggiunse.

«Mi dispiace di non essere arrivato prima, Nor», si scusò. «La prossima volta chiamami sul cellulare. È successo qualcos'altro?»

«Racconta a Sean della chiamata dalla Badgett Enterprises, Billy», disse la donna.

Sterling vide il viso del poliziotto rannuvolarsi mentre ascoltava.

«Questo è tutto», concluse Billy con una scrollata di spalle. Sean gli chiese se avesse riferito la telefonata all'FBI.

L'altro annuì. «Rich Meyers non era in ufficio, ma gli ho lasciato un messaggio.»

«Ha richiamato qui verso le cinque», intervenne Nor. «La mia impressione è che creda che l'avvertimento sia il classico pugno di ferro in un guanto di velluto.»

O'Brien era cupo in faccia. «Sentite, sono stato un detective per quasi trent'anni, e certa gente la conosco anche troppo bene. Il pugno di ferro si abbatterà senza esitazioni se non obbedite.»

Raccontagli quello che è successo in metropolitana, Billy, pregò silenziosamente Sterling. Hai bisogno di protezione.

«Immagino che non si possa fare altro che aspettare», commentò Nor. «Ehi, è arrivato lo champagne. Passando ad argomenti più piacevoli, stavamo per brindare al futuro di Billy.» Si rivolse al figlio. «Farai meglio a berlo in fretta, fra poco andiamo in scena.»

Billy si alzò. «Porto il bicchiere di sopra con me. Devo cambiarmi, e voglio dare un colpo di telefono a Marissa. Sai com'è fatta, voleva il suo scoop non appena fossi tornato.»

Aspetterò qui e terrò compagnia a Nor, decise Sterling, quando comparve Dennis.

«Volevo congratularmi con Billy, ma è già scomparso.»

«È andato di sopra a cambiarsi», spiegò Nor.

Sterling rimase in ascolto mentre la donna riferiva ai compagni l'incontro di Billy con il dirigente della casa discografica. «È una notizia magnifica, naturalmente», concluse, «ma potete immaginare come sia stata tesa per tutto il giorno. Da quando è arrivata quella telefonata, continuo a chiedermi quale sarà la prossima mossa dei Badgett... Be', sarà meglio che vada a prepararmi. Si comincia tra un quarto d'ora. Ti fermi, Sean?»

«Per un po'. Stasera Kate è di turno.»

Dennis si rivolse all'ex poliziotto. «Torno al lavoro. Perché non vieni a sederti al bar?»

Si stavano separando quando videro Billy scendere le scale di corsa, un estintore sotto il braccio.

«Mamma, la tua auto sta bruciando», esclamò. «Chiamo il 911.»

La notizia si sparse rapidamente nella sala da pranzo. Dennis agguantò l'estintore fissato dietro al bancone. Tallonato da Sterling, O' Brien si precipitò fuori, verso la macchina in fiamme.

Uscì anche Nor, seguita da parecchi clienti che stava cercando di tranquillizzare.

L'autopompa entrò rombando nel parcheggio e i vigili del fuoco ordinarono a tutti di tenersi a distanza.

Ci vollero solo pochi minuti per domare l'incendio. L'auto di Nor era sistemata nel solito posto, vicino all'ingresso della cucina e piuttosto distante dal parcheggio vero e proprio.

«Coraggio, torniamo dentro», gridò ora lei, spingendo le persone verso la porta del locale.

Una volta chiuse le pompe, il capo dei vigili del fuoco, Randy Coyne, e un agente di polizia si incontrarono con Nor, Billy, Sean e Dennis.

«L'auto è andata, Nor, ma sarebbe potuto succedere molto di peggio. Quanto meno, le fiamme non hanno toccato gli altri veicoli ed è stata una fortuna che non abbiano interessato anche il ristorante.»

«Com'è cominciato?» chiese Nor con voce pacata.

«Pensiamo che l'auto sia stata cosparsa di benzina.»

Per un momento nella stanza regnò il silenzio. Poi O'Brien disse: «Randy, abbiamo qualche sospetto su chi c'è dietro questa faccenda, ma è competenza dell'FBI. I federali stanno già indagando su una telefonata minatoria ricevuta da Billy questa mattina».

«In questo caso, chiamateli immediatamente», disse

l'agente. «Io farò in modo che un'autopattuglia resti qui davanti per tutta la notte.»

«Più un'altra a casa di Nor.» Il tono di O'Brien non ammetteva repliche.

«Sarebbe un conforto sapere che c'è qualcuno a proteggermi», ammise la donna.

Sean si rivolse a lei e a Billy. «Un consiglio. Credo che la cosa migliore che possiate fare al momento è comportarvi come al solito.»

Il capo dei vigili del fuoco ebbe un mezzo sorriso. «Mi piacerebbe poter rimanere per lo spettacolo.»

«Quanto a me», disse il poliziotto, «resterò finché non avranno mandato qualcuno qui e a casa sua, signora Kelly.»

Billy attese che si fossero allontanati prima di dire: «Oggi mi è successa una cosa strana in metropolitana. Pensavo che fosse colpa della mia stupidità, ma...»

Sterling vide i volti di Nor, Dennis e O'Brien farsi sempre più gravi mentre il giovane proseguiva nel suo racconto.

«È stato lo stesso uomo che ti ha spinto a trarti in salvo», dichiarò infine Sean. «È un vecchio trucco di quella gente.»

Quando squillò il telefono, fu Billy a rispondere. Ascoltò qualche istante, mentre ogni traccia di colore spariva dal suo viso. Poi, con la cornetta ancora in mano, annunciò: «Qualcuno mi ha appena detto che è dispiaciuto di avermi urtato sulla banchina della metropolitana, e che la prossima volta che vado a New York farei meglio a prendere l'auto di mia madre».

Un istante più tardi nell'eternità, ma una settimana dopo secondo il calendario terreno, Sterling sollecitò e ottenne un altro incontro con il Consiglio Celeste.

Prese posto davanti ai santi.

«Hai l'aria di esserti caricato sulle spalle tutto il peso del mondo, Sterling», fu il primo commento del monaco.

«È esattamente così che mi sento, signore», rispose lui. «Come sapete, le cose si sono mosse in fretta dopo l'incendio dell'auto. La polizia e l'FBI hanno persuaso Nor e Billy a entrare nel programma protezione testimoni fino al momento del processo contro i fratelli Badgett. Si pensa che verrà fatto in tempi relativamente brevi.»

«Ma noi sappiamo che non sarà così », disse il pastore.

«Hai un piano di battaglia?» chiese l'ammiraglio con fare imperioso.

«Sì, signore. Vorrei attraversare in fretta questo anno terreno; sono ansioso di incontrare Marissa per poter cominciare ad aiutarla. Fino al momento del nostro incontro, avrò le mani legate. Solo, mi piacerebbe dare un'occhiata lungo la strada per raccogliere le informazioni necessarie per farla riunire al padre e alla nonna.»

«Dunque non intendi trascorrere un altro anno effettivo sulla terra.» La regina sembrava divertita.

«No, in effetti no», disse Sterling in tono solenne. «Mi sono lasciato il mondo alle spalle, ormai, ma sono impaziente di aiutare la bambina. Ha salutato Nor e Billy solo pochi giorni fa ed è già desolata.»

«Ne siamo consapevoli», mormorò la suora.

«Illustraci il tuo piano», lo esortò la nativa americana.

«Concedetemi la libertà e il potere di muovermi attraverso quest'anno con la rapidità che riterrò necessaria, più la capacità di trasferirmi da un luogo all'altro dietro semplice richiesta.»

«Chi conti di andare a trovare?» domandò il matador.

«Mama Heddy-Anna, tanto per cominciare.»

I membri del Consiglio Celeste lo guardarono scioccati.

«Meglio tu di me», mormorò infine il monaco.

«Mama Heddy-Anna ha sopportato molto», interloquì la suora.

«Penso con timore al giorno in cui arriverà quassù», confessò l'ammiraglio. «Ho guidato molte navi in battaglia, ma una donna di quel calibro potrebbe trasformarmi in un codardo.»

Le sue parole suscitarono l'ilarità dei compagni. Poi il monaco alzò una mano con il palmo rivolto verso l'alto. «Procedi pure, Sterling. Fa' quello che dev'essere fatto. Avrai tutto il nostro aiuto.»

«Grazie, signore.» Sterling guardò gli otto santi, poi girò la testa verso la finestra. I cancelli del paradiso erano così vicini da dargli l'impressione di poterli toccare, se solo avesse allungato la mano.

«È ora di andare.» La voce del monaco era gentile. «Dove vuoi essere mandato?»

«In Wallonia.»

«A ciascuno il suo», decretò l'altro, e premette il pulsante.

Cadeva una neve leggera, il vento era freddo e il villaggio di Kizkek sembrava rimasto immutato nel corso dei secoli. Annidato in una piccola valle, ai piedi di montagne coperte di neve, pareva formare uno scudo protettivo contro l'invasione del mondo esterno.

Sterling si ritrovò in una stradina angusta al limitare del paesino. Vedendo avvicinarsi un carro trainato da un asino, si fece da parte, ma sussultò quando alzò gli occhi sul conducente. Era Mama Heddy-Anna in persona, e stava trasportando un carico di legna!

Sterling seguì il carro intorno alla casa e fino al cortile posteriore. Lì, la donna saltò a terra, legò l'asino a un palo e cominciò a scaricare i ceppi, ammassandoli contro il muro.

Quando il carro fu vuoto, slegò l'animale e lo spinse in una parte recintata del cortile.

Stupefatto, Sterling la seguì nel cottage di pietra. L'interno era un unico grande locale costruito intorno a un camino. Da una pentola sospesa sul fuoco arrivava un delizioso profumo di stufato.

La zona cucina ospitava un tavolo e delle sedie di legno. La sedia a dondolo era davanti al televisore, che sembrava fuori posto in quell'ambiente spartano. Altre due sedie malconce, un tappeto fatto all'uncinetto e una vecchia credenza completavano l'arredamento.

Le pareti sparivano sotto una raccolta di fotografie dei due rampolli di Heddy-Anna e del consorte detenuto. Sulla mensola del camino, si allineavano i ritratti di svariati santi, evidentemente i prediletti della donna.

Mentre Mama si liberava del giaccone e della sciarpa, Sterling salì la stretta scala che portava al piano superiore. Trovò due piccole camere da letto e un bagno minuscolo. Una stanza era palesemente quella della padrona di casa; l'altra ospitava due lettini gemelli... Era di sicuro lì che Junior e Eddie avevano dormito, pensò. Certo, era tutto molto diverso dalla pacchiana dimora di Long Island che occupavano ora.

Sui lettini erano ammucchiati abiti femminili firmati, tutti ancora con il loro cartellino. Evidentemente erano doni dei figli lontani, che la madre trovava del tutto inutili.

Sentendo squillare il telefono, Sterling si precipitò di sotto, e di lì a poco scoprì che il Consiglio Celeste gli aveva elargito un dono che lui non aveva pensato di chiedere. Non avrei mai immaginato di poter un giorno capire il walloniano, si disse mentre ascoltava Heddy-Anna raccomandare a un amico di portare dell'altro vino. Apparentemente, a pranzo sarebbero stati in undici, e lei non voleva restare a corto di scorte.

Oh, bene, pensò Sterling. Avremo compagnia. Ecco un modo fantastico per scoprire che cosa ha in mente questa formidabile signora. Il telefono era fissato alla parete nella zona cucina e lì vicino, dove di solito si conservano i numeri di emergenza, c'era una lavagna con un elenco.

Probabilmente una lista della spesa, pensò Sterling, ma dovette ricredersi dopo aver letto scritto in grosse lettere: DOLORI E SOFFERENZE.

Gli occhi di Sterling percorsero l'elenco.

1. Piedi gonfi
2. Dolore nella zona del cuore
3. Gas
4. Giramenti di testa
5. Vomitato due volte
6. Non sentire più il gusto del cibo
7. Bisogno di un intervento
8. Mal di stomaco
9. Insonnia
10. Schiena dolorante
11. Gengive infiammate

Ora ho visto proprio tutto, pensò Sterling. Accanto ai vari malanni, erano riportate le date delle telefonate effettuate dai fratelli dagli Stati Uniti. Ne ha fatto un'arte, pensò ancora. Non ricorre mai alla stessa lamentela due volte di seguito.

Mama Heddy-Anna aveva riattaccato e, in piedi vicino a lui, contemplava la lista con aria soddisfatta. Infine, muovendosi con l'energia di un sergente maggiore, cominciò a disporre sul tavolo piatti, bicchieri e posate.

Gli ospiti arrivarono pochi minuti dopo e lei li accolse con abbracci da orso.

Ha detto che sarebbero stati in undici, rammentò Sterling. Sono stati molto solleciti. Il decimo ospite aveva con sé il vino.

Gli invitati dovevano essere tutti tra i settanta e gli ottanta, e avevano l'aspetto di chi ha trascorso molti anni all'aria aperta. I volti segnati e le mani callose parlavano di una vita di duro lavoro, ma le risate pronte e l'affiatamento erano quelli che Sterling aveva osservato nei gruppi di amici che si riunivano al *King Cole Bar* a Manhattan, o al *Nor's Place* a Long Island.

Mama Heddy-Anna portò in tavola una pagnotta di pane appena sfornata e cominciò a servire lo stufato. Furono riempiti i bicchieri e tutti si sedettero intorno al tavolo. Scoppi di risa accompagnavano i pettegolezzi sui paesani e i resoconti delle serate trascorse insieme. La settimana precedente c'era stata la festa del patrono e Heddy-Anna si era esibita nella tradizionale danza walloniana su un tavolo della parrocchia.

«Ora voglio ballare su un tavolo del monastero, quando lo inaugureranno come hotel il primo dell'anno», annunciò.

«Sono andato con gli sci a dare un'occhiata», disse il «piccolo» della compagnia, un robusto settantenne. «Non potete immaginare quanto sia carino. E pensare che è rimasto chiuso per vent'anni, dopo la morte dell'ultimo monaco. È bello vederlo rimesso a nuovo.»

«I miei ragazzi ci andavano a sciare», rievocò Heddy-Anna servendosi di altro stufato. «Peccato che il monastero sia oltre confine. I soldi dei turisti ci farebbero un gran comodo.»

Il trillo del telefono scatenò un'ondata di risatine. Heddy-Anna si pulì la bocca, ammiccò agli amici portandosi un dito alle labbra, e attese il quinto squillo prima di rispondere. «Pron...to?»

Si protese a guardare la lavagna. «Non sento, parla più forte. Aspetta, devo sedermi. Oggi il piede mi fa un gran male. Ha ceduto, sono caduta e ho passato tutta la notte sul pavimento.»

La sua espressione cambiò. «Come sarebbe a dire 'uno sbaglio?' Non è il mio Eddie che parla?»

Riattaccò con decisione. «Falso allarme», annunciò tornando a sedersi.

«Ti è servito come esercizio.» La donna che le sedeva accanto la guardava ammirata. «Credimi, diventi ogni volta più brava.»

Il telefono squillò di nuovo, e questa volta Heddy-Anna si accertò dell'identità del suo interlocutore prima di dare la stura a una sequela di lamentele. Ripeté quasi esattamente il racconto fatto durante la prima telefonata. «E per di più...» continuò con voce lacrimosa.

L'amico più vicino all'apparecchio balzò in piedi e indicò il punto sei della lista.

Heddy-Anna annuì «...non sento più il sapore del cibo. Sto dimagrendo a vista d'occhio.»

Credo di aver capito come stanno le cose in Wallonia, stabilì Sterling divertito. Ora vorrei passare alla stagione successiva e dare un'occhiata a Marissa.

Uscito all'aperto, alzò gli occhi sulle montagne e poi verso il cielo.

Posso tornare a casa di Marissa, per favore? chiese. In aprile. Poi chiuse gli occhi.

La primavera arriva prima per i salici, pensò Sterling contemplando il grazioso folto d'alberi che si ergeva sul prato dell'abitazione di Marissa, al Madison Village. Li circondava una bruma rosata, quasi una promessa dei boccioli che presto sarebbero comparsi.

Era quasi sera, e gli ultimi raggi del sole andavano sparendo per lasciare il posto al crepuscolo. Sterling entrò e trovò la famiglia a tavola.

Andò a sedersi il più lontano possibile dai gemelli, che stavano vigorosamente sbatacchiando i cucchiai contro le sedie.

Seduta di fronte a loro, Marissa giocherellava in silenzio con un pezzetto di pollo.

Denise e Roy erano a capotavola, entrambi con le sedie abbastanza vicine ai lati per consentire loro di imboccare i bambini.

«Com'è andata oggi a scuola?» chiese Roy a Marissa, mentre infilava in bocca a Robert una cucchiaiata di purea di patate.

«Bene, credo», rispose con indifferenza la bambina.

«Marissa, smettila di giocare con il cibo», intervenne Denise in tono supplichevole. «Devi mangiare, lo sai.» Un'occhiata ammonitrice del marito la zittì.

Marissa posò la forchetta. «Il fatto è che non ho proprio fame. Posso alzarmi, per favore?»

Denise esitò, poi annuì. «Papà e NorNor dovrebbero telefonare tra un'ora.»

«Lo so.»

«Ti darò una voce, così potrai parlargli dalla nostra camera.»

Sterling era tentato di seguire la sua piccola protetta, ma all'ultimo momento decise che voleva sentire quello che Denise avrebbe detto all'ex marito.

La donna attese che la figlia fosse scomparsa sulle scale prima di rivolgersi a Roy. «Proprio non ce la faccio ad affrontare l'argomento dei suoi voti. Sembra che in classe non riesca a concentrarsi. Secondo la maestra, si incolpa della partenza di Billy e Nor, convinta di aver fatto qualcosa di male.»

«Sono molti i bambini che fanno lo stesso quando succede qualcosa ai genitori, che si tratti di una morte, di un divorzio o di una separazione», replicò Roy. «Dobbiamo semplicemente cercare di essere comprensivi.»

Roy è un'anima buona, pensò Sterling. Ci sta provando con tutte le sue forze.

«Giù, giù, giù», sbraitò Roy Junior, che si era stancato di stare seduto.

«Giù, giù», gli fece eco Robert, saltellando sulla sedia.

Roy prese un'ultima forchettata di insalata prima di alzarsi. «Il caffè più tardi. Porto di sopra questi due e gli faccio il bagno.»

Denise stava sparecchiando quando squillò il telefono.

«Oh, Billy, sei in anticipo», fu il suo saluto. «No, certo che Marissa non è fuori. Quando aspetta una tua chiamata, non c'è verso di farla uscire di casa. Novità?»

Rimase in ascolto per qualche momento. «Be', quando le parli, dille che sei orgoglioso del fatto che è sempre stata un'ottima studentessa», riprese poi. «Sappiamo tutti e due che farebbe qualunque cosa pur di compiacerti. Te la passo, saluta Nor da parte mia.»

Posò la cornetta e si accostò alle scale. «Marissa», chiamò.

La bambina era già sul pianerottolo. «È papà?»

«Sì.»

Sterling si affrettò su per le scale e seguì Marissa nella camera principale. La bambina si premurò di chiudere la porta dietro di sé.

Nei minuti successivi, Sterling la ascoltò supplicare il padre di tornare. Promise che non avrebbe *mai* più fatto i capricci per andare al cinema, e che non avrebbe cercato di trattenerlo al telefono quando aveva da fare, né...

Sterling si chinò in avanti per sentire quello che diceva Billy. «Tesoro, non devi neanche pensare certe cose! Non ha niente a che fare con te, lo sai. Le tue telefonate mi hanno sempre fatto piacere...»

«Allora perché non vuoi darmi il tuo numero di telefono?» lo incalzò Marissa in lacrime.

«Rissa, è che proprio non posso. Per parlarti devo prendere in prestito un apparecchio. Non c'è nulla che NorNor e io desideriamo di più che tornare a casa. E quando succederà ti compenserò di tutto, è una promessa...»

Dopo un ultimo addio lacrimoso, Marissa tornò in camera sua e accese il lettore CD.

Le note del singolo di Billy invasero la stanza. «So che cosa voglio... so di che cosa ho bisogno...»

La testa posata sulle braccia, Marissa singhiozzava. Ti darò io quello che vuoi e di cui hai bisogno, giurò Sterling. E ci riuscirò, a costo di muovere cielo e terra. No, con l'*aiuto* del cielo, si corresse subito.

Chiuse gli occhi per rivolgersi al Consiglio Celeste. Sareste così gentili da mandarmi nel luogo in cui si trovano i fratelli Badgett in questo momento?

Quando aprì gli occhi, Sterling si trovò all'interno di un affollato ristorante costruito sull'acqua.

A meno che i fratelli non siano in viaggio, congetturò, questo è Long Island Sound. Guardò una donna intenta a studiare un menu. Sulla copertina erano impresse le parole *Sal's on the Sound*.

Si trattava di un ristorante dove si servivano pesce e bistecche. Clienti avvolti in ampi tovaglioli spezzavano allegramente chele di aragosta, e la lombata di manzo servita ancora sfrigolante era palesemente un piatto molto popolare.

Molti, notò Sterling, avevano scelto il suo antipasto preferito, cocktail di polpa di granchio.

Ma dov'erano Junior e Eddie? Era al suo secondo giro tra i tavoli quando notò un separé appartato, di forma semicircolare, da cui si godeva un fantastico panorama. Un'ispezione più accurata gli rivelò che i suoi tre occupanti altri non erano che Junior, Eddie e una Jewel succintamente vestita.

I due fratelli erano reduci da una delle loro consuete telefonate a Mama Heddy-Anna e come al solito erano preoccupati per lei. Era stata Jewel a dire che si sarebbero sentiti molto, molto meglio se si fossero concessi una rilassante serata fuori.

Stavano già sorseggiando i cocktail e il cameriere era occupato a ritirare i menu.

Sterling si accomodò su un davanzale collocato ad angolo retto rispetto ai tre. Chissà che cosa hanno ordinato, si chiese.

«Credo che non riuscirò a ingoiare un solo boccone», si stava lamentando Eddie. «Quando penso a quanto è malata la mamma, piango dentro di me.»

«Piangi anche esteriormente, Eddie», gli fece notare Jewel. «Hai il naso rosso.» Accarezzò la mano di Junior. «Anche tu, agnellino.»

Lui respinse la mano. «Sono raffreddato.»

La ragazza si era resa conto di aver commesso un errore. «Colpa delle tue allergie, tesoro. Quest'anno, poi, è terribile. Il peggiore da molto tempo.»

«Sì, già.» Junior prese il bicchiere.

«È caduta di nuovo», bisbigliò Eddie. «Il suo povero piede ha ceduto e per di più ha le gengive infiammate. Non riesce quasi a masticare.»

Scommetto che questa lamentela l'ultima volta non l'ha usata, pensò Sterling.

«I suoi amici sono costretti a supplicarla di mangiare. Nulla le sembra più buono, ormai.»

«È quello che continua a dire da quando vi ho conosciuti, tre anni fa», ribatté Jewel in un impeto di sincerità. «Deve pur mangiare *qualcosa.*»

Stufato di manzo, ricordò Sterling. Un bel po' di stufato.

«Era da gennaio che non cadeva più», continuò Eddie. «Speravo tanto che le sue gambe andassero meglio.» Si rivolse al fratello. «Dobbiamo andare a trovarla. Ti dico che dobbiamo andarci.»

«Non possiamo e lo sai.» Il tono di Junior era brusco. «Le abbiamo mandato qualche bel vestito per tirarle su il morale.»

«Oh, li adorerà», si entusiasmò Jewel. «Li ho scelti davvero speciali. Due pigiama da sera di seta, un abito da cocktail e un cappellino con un bel po' di fiori da sfoggiare in chiesa la domenica di Pasqua.»

L'espressione di Eddie si oscurò. «La mamma dice che i vestiti che le mandiamo sono orrendi.»

«Be', non è colpa mia.» Jewel aveva messo il broncio. «Se la conoscessi, forse potrei scegliere qualcosa che le piaccia. Non c'è donna che non abbia qualche problema. Voglio dire, potrebbe trattarsi dei fianchi oppure della vita, o magari il suo didietro ha una forma strana...»

«Chiudi il becco», tuonò Junior. «Ne ho abbastanza di lezioni di anatomia.»

Mi sto proprio divertendo, pensava Sterling.

Offesa, Jewel si alzò. «Se volete scusarmi...» disse con enfasi eccessiva.

«Dove vai?» chiese Eddie.

«In quel posticino.»

«Vai sempre in quel posticino.»

«Non è vero.» La ragazza veleggiò via.

«È arrabbiata perché ho detto che alla mamma non piacciono i vestiti che ha scelto per lei.»

«Lascia stare i vestiti», abbaiò Junior. «Senti, ho ricevuto una telefonata quando *tu* eri in quel posticino.»

«Quando ero in quel posticino?»

«Vai sempre in quel posticino.»

«Non è vero.»

«Sì, invece. Ogni volta che ti cerco, sei in quel posticino. Ora stai zitto e ascoltami. I ragazzi non sono ancora riusciti a rintracciare Nor Kelly e Billy Campbell.»

«Sono un branco di deficienti.»

«Ce ne vuole uno per riconoscerne un altro. Tieni la bocca chiusa e ascoltami. Il processo contro di noi finirà in niente se la Kelly e Campbell non saliranno sul banco dei testimoni. Quindi dobbiamo liberarci di loro.»

«Questo è un grande paese. Come facciamo a liberarci di loro se non riusciamo neppure a trovarli?»

«Sono passato alla fase successiva e ho contattato un certo sicario.»

Eddie guardò il fratello. «Non Igor.»

«Sì, Igor. È bravo nel suo lavoro. Gli ho spiegato che l'unico indizio di cui disponiamo per il momento è che sono da qualche parte all'Ovest.»

«Eccomi qua», cinguettò Jewel scivolando al suo posto e allungandosi a baciare Junior sulla guancia. «Vi ho perdonato per non avere apprezzato quello che faccio per rendere Mama Heddy-Anna felice, e ho una cosa da dirvi. Credo che dovreste escogitare la maniera di andare a trovarla e che dobbiate farlo prima che sia troppo tardi.»

Junior le scoccò un'occhiataccia. «Chiudi il becco.»

Arrivò il cameriere con un vassoio di antipasti.

Ho sentito quello che volevo, pensò Sterling. I Badgett sono decisi a farla finita per sempre con Nor e Billy.

Si concesse una lunga passeggiata prima di chiedere di venire trasportato altrove.

Un'ora dopo, aveva preso una decisione. Chiuse gli occhi e bisbigliò: «Mi piacerebbe che fosse mezza estate, e per favore potreste mandarmi dove si trovano Nor e Billy?»

Non è possibile che alloggino *qui*, pensò Sterling sgomento. Si trovava sul terrazzo al secondo piano di un cadente motel poco distante da una superstrada trafficata. Benché facesse un caldo torrido, la zona era bellissima. Come il villaggio di Mama Heddy-Anna, vantava un magnifico paesaggio montano.

Dei sei veicoli parcheggiati all'esterno, quattro avevano targhe del Colorado.

Sterling notò un uomo robusto con gli occhiali scuri a bordo di una SUV. Gli parve che tenesse lo sguardo fisso sullo specchietto retrovisore per sorvegliare la porta alle sue spalle.

Sterling si girò a sbirciare attraverso la finestra e vide una camera dall'aria trasandata. Le mani in tasca, Billy guardava la madre che sedeva sul bordo del letto, il telefono in mano.

I due sembravano diversi. I capelli un tempo biondi di Nor ora erano castani e lei li portava raccolti sulla nuca. Billy aveva la barba e i capelli molto più corti.

Forse è da qui che chiamano a casa, considerò Sterling.

Se sono entrati a far parte del programma protezione testimoni, possono comunicare solo attraverso linee sicure. Hanno tutti e due l'aria terribilmente preoccupata.

Entrò e, toltosi il cappello, accostò l'orecchio alla cornetta. Dall'altro capo del filo gli giunse una voce familiare. Nor stava parlando con Dennis.

«Senti, non tocca a me dirti che questo locale ruota intorno a te», stava dicendo il barman. «Io posso servire da bere, i camerieri sono in gamba e Al è lo chef migliore che abbiamo mai avuto, ma tutto questo non basta. I clienti vogliono vederti seduta al tuo tavolo.»

«Lo so. Quanto abbiamo perso questo mese?»

«Parecchio. Non facciamo il pieno neppure il sabato.»

«Il che ovviamente significa che le mance ai camerieri sono diminuite», sospirò Nor. «Senti, Dennis, questa storia non può durare ancora a lungo. Non appena il processo si sarà concluso e i Badgett saranno in carcere, potremo tornare a casa. Cerca di calcolare l'ammontare delle mance che i ragazzi hanno perduto e metti la metà dell'importo nelle loro buste paga.»

«Forse non mi hai capito. Stai perdendo denaro a palate.»

«E forse tu non hai capito me», si arrabbiò la donna. «So che il ristorante ha bisogno di me, ma tu, Al, i camerieri e i ragazzi di cucina ne siete parte integrante. Ho impiegato anni per mettere insieme una squadra valida e non ho intenzione di giocarmela.»

«Non ti scaldare, Nor. Sto solo cercando di aiutarti a tenere la testa fuori dall'acqua.»

«Scusami, Dennis. Hai ragione. Questa storia mi sta logorando.»

«Billy come sta?»

«Tu come credi che stia? Ha appena chiamato Marissa e la casa discografica. Marissa è sempre più affranta e alla casa discografica hanno detto che se questa faccenda non si conclude presto, annulleranno il contratto.»

Un breve silenzio, poi Nor aggiunse: «Dennis, hai presente il dipinto impressionista appeso vicino al camino nel mio soggiorno?»

«Quello sgorbio?»

Era un loro vecchio scherzo.

«Sì. Ti ho dato una procura. Vai in banca e ritira la documentazione necessaria, poi porta il quadro alla Reuben Gallery. So che sarebbero felici di averlo. Dovrebbe valere almeno sessantamila dollari; ci faranno comodo.»

«Tu adori quel dipinto, Nor.»

«Non quanto adoro il mio ristorante. Bene, Dennis, per il momento di buone notizie ne ho avute abbastanza. Ci sentiamo tra due settimane.»

«Sicuro, Nor. Ci sentiamo.»

La telefonata successiva di Nor fu a Sean O'Brien, per chiedergli se c'erano novità sulla data del processo. Non ce n'erano.

In silenzio, i due lasciarono il motel e salirono sulla SUV occupata dall'uomo con gli occhiali scuri. Dev'essere l'agente federale incaricato di sorvegliarli, pensò Sterling.

Prese posto sul sedile posteriore dietro a Nor. Nei venti minuti di tragitto, non venne scambiata una sola parola. Un cartello informò Sterling che si trovavano a quarantacinque chilometri da Denver. Ora so esattamente dove siamo, pensò. L'Accademia dell'aeronautica è da queste parti.

Billy e Nor occupavano una casa isolata a due piani il

cui solo merito era la posizione. Si trovava infatti su una vasta area boscosa e i grandi alberi le garantivano la massima riservatezza.

Quando l'auto di fermò, Billy si rivolse all'agente. «Frank, entri con noi, per favore. Devo parlarle.»

I mobili del soggiorno avevano l'aria di essere stati acquistati in blocco a una vendita per fallimento: divani e sedie dozzinali, tavoli scompagnati di formica, moquette color terra bruciata. Un cigolante condizionatore pompava faticosamente aria fredda.

A Sterling non sfuggirono i tentativi fatti da Nor per dare alla stanza un aspetto più accogliente. Stampe elegantemente incorniciate distoglievano l'attenzione dal brutto mobilio, un vaso di fiori e alcune piante verdi contribuivano a rendere l'atmosfera meno deprimente.

Il soggiorno si apriva in quella che evidentemente era la sala da pranzo. Billy l'aveva trasformata in stanza della musica, arredandola con un vecchio pianoforte cosparso di spartiti, un lettore e scaffali pieni di CD. La chitarra era appoggiata a una poltroncina a spalliera bassa vicino al piano.

«Che cosa posso fare per lei, Billy?» domandò il federale.

«Aiutarci a fare i bagagli, per esempio. Non ho intenzione di trascorrere qui un'altra nottata, ne ho abbastanza.»

«Billy, non è colpa di Frank», intervenne Nor.

«Per quanto ne sappiamo, il processo potrebbe non venire mai fatto. E io dovrei passare il resto della mia vita a marcire in questo buco? Frank, lasci che le spieghi una cosa. La settimana scorsa ho compiuto trent'anni... nel mio campo questo significa essere vecchi, mi segue? *Vec-*

chi. Oggigiorno, quelli che ce la fanno cominciano a diciassette anni, a volte perfino prima.»

«Calmati, tesoro.»

«Non posso calmarmi, mamma. Marissa sta crescendo senza di noi. E sta imparando a *odiarmi.* Ogni volta Denise mi ripete quanto è preoccupata per lei, e ha ragione. Correrò il rischio. Se mi accadrà qualcosa, ebbene, sarà mentre vivo la mia vita.»

«Senta», lo interruppe l'altro, «so bene quanto tutto questo sia frustrante per lei e sua madre. Non è il primo a perdere la pazienza. Ma siete in pericolo. Abbiamo i nostri metodi per scoprire le cose. Non c'era ragione di parlarvene, ma è da gennaio che sulla testa sua e di sua madre c'è un contratto. Non riuscendo a rintracciarvi, i Badgett hanno assoldato un killer.»

Nor era impallidita. «Quando è stato?»

«Tre mesi fa. Ne conosciamo l'identità e i nostri uomini lo stanno cercando. Ora, volete ancora che vi aiuti a fare i bagagli?»

La collera sembrava aver abbandonato Billy. «Immagino di no», sospirò. Andò a sedersi al pianoforte. «Immagino che resterò qui e continuerò a scrivere musica che canterà qualcun altro.»

Con un cenno di saluto a Nor, l'agente uscì. Qualche istante dopo, lei si accostò al figlio e gli posò le mani sulle spalle. «Non sarà per sempre, vedrai.»

«È l'inferno in terra.»

«Sono d'accordo.»

E io pure, pensò Sterling. Ma che cosa poteva fare? Più informazioni raccoglieva, più si sentiva incapace di risolvere la situazione.

Con un'occhiata comprensiva ai due prigionieri, uscì

all'aperto. Sono abituato alle altezze del paradiso, si disse, ma non a quelle del Colorado. Si sentiva vagamente stordito.

È difficile credere che a dicembre Nor e Billy saranno ancora qui, e posso solo immaginare quale sarà allora il loro stato d'animo. Dove posso andare? Che cosa posso fare? Tutto ruota intorno al processo. Forse dovrei fare un salto dal legale dei Badgett. Dopo tutto, è stato lui a vedere Billy e Nor uscire dall'ufficio di Junior.

Sarà un sollievo sfuggire a questa calura, pensò mentre chiudeva gli occhi. L'estate non mi è mai piaciuta troppo.

Ancora una volta si rivolse al Consiglio Celeste. Per favore, potrei essere trasportato alla presenza di Charlie Santoli, possibilmente ai primi di dicembre? Amen, aggiunse.

«Avremmo dovuto montare le luci almeno una settimana fa», commentò Marge mentre tendeva un'altra fila di lampadine natalizie al marito, in piedi su una scala poggiata fuori della finestra del soggiorno.

«Ho avuto troppo da fare, Marge. Proprio non ce l'ho fatta.» Con fatica, Charlie riuscì a far passare le lampadine intorno alla cima del sempreverde, che era cresciuto considerevolmente in quell'ultimo anno. «Ci sono persone addette a questo genere di lavoro, sai. Hanno scale più lunghe, sono più giovani e più forti di me e sono anche più bravi.»

«Ma così ci perderemmo tutto il divertimento, Charlie. Sono quarant'anni che decoriamo insieme la casa. Arriverà il giorno in cui non sarai più in grado di farlo, e allora lo rimpiangerai. Ammettilo, adori questo rito.»

Charlie ebbe un sorriso riluttante. «Se lo dici tu.»

Seduto sui gradini, Sterling ascoltava la coppia. Si diverte davvero, pensò. È il classico uomo di famiglia.

Un'ora più tardi, intirizziti ma soddisfatti, Marge e Charlie rientrarono e, liberatisi di guanti e cappotti, si trasferirono in cucina per una tazza di tè. I biscotti natalizi sfornati da poco erano sul tavolo davanti a loro quando Marge lasciò cadere la bomba.

«Voglio che tu smetta di lavorare per i Badgett, Charlie, e voglio che tu lo faccia subito.»

«Sei impazzita? Non posso farlo.»

«Sì che puoi. Dio sa che non siamo ricchi, ma abbiamo di che vivere. Se vuoi continuare a lavorare, riapri lo studio e occupati di testamenti e compravendite. Non resterò a guardarti mentre fai il possibile per procurarti un attacco cardiaco lavorando per quella gente.»

«Marge, non capisci... non posso davvero farlo.» Charlie era disperato.

«Perché no? Se tu morissi di colpo, dovrebbero procurarsi un nuovo avvocato, giusto?»

«Non è questo. È che... ti prego, lascia perdere.»

Per tutta risposta Marge si alzò e piantò le mani sul tavolo. «Che cos'è, allora?» chiese alzando la voce. «Voglio la verità, Charlie. Che cosa sta succedendo?»

Sterling rimase in ascolto mentre l'avvocato, dapprima esitante, poi in toni sempre più concitati, confessava di avere, nel corso degli anni, minacciato chi si metteva sulla strada dei Badgett. Vide Marge passare dallo choc alla preoccupazione mentre arrivava a capire il tormento in cui il marito aveva vissuto per anni.

«Il processo che sto facendo rinviare riguarda l'incendio a quel capannone vicino a Syosset di un anno fa. I cantanti ingaggiati per la festa di compleanno di Mama Heddy-Anna sentirono Junior ordinare l'attentato. In giro si dice che lavorano in Europa, ma la verità è che sono entrati nel programma protezione testimoni.»

Dunque è questa la versione che è stata fatta circolare, si disse Sterling.

«Perché vuoi che il processo venga rinviato?»

«Abbiamo corrotto dei periti che testimonieranno che l'incendio è stato causato da dei fili elettrici scoperti. Hans Kramer, il proprietario del capannone, è fuggito, ma il mese scorso i Badgett hanno rintracciato lui e la moglie in Svizzera. Lì hanno dei parenti, e dopo quello che è successo, Kramer non vuole avere più niente a che fare con i fratelli e tantomeno con il processo.»

«Non hai risposto alla mia domanda, Charlie.»

«Marge, non sono io a volere i rinvii. Sono i Badgett.»

Lei lo guardò dritto negli occhi. «Perché?»

«Perché non vogliono che il procedimento cominci prima che la Kelly e Campbell siano stati messi a tacere per sempre.»

«E tu hai acconsentito?» Marge era incredula.

«Potrebbero non trovarli mai.»

«Ma potrebbero anche trovarli. Charlie, non possiamo permettere che accada!»

«Lo so», proruppe l'uomo, «ma che cosa posso fare? Nell'attimo stesso in cui dovessi informare i federali, i Badgett verrebbero a saperlo. Hanno i loro informatori.»

Marge stava piangendo. «Com'è possibile che sia accaduto tutto questo? Charlie, poco importa quali saranno le conseguenze per noi, devi fare la cosa giusta. Solo, aspettiamo che passi il Natale; concediamoci un'altra festa tutti insieme.» Si asciugò gli occhi con il dorso della mano. «Nel frattempo pregherò per un miracolo.»

Charlie si alzò e la prese tra le braccia. «Allora nelle tue preghiere cerca di essere specifica», mormorò con un sorriso triste. «Prega perché Junior e Eddie vadano a trovare Mama Heddy-Anna nel loro paese. Posso fare in modo che i poliziotti gli mettano le mani addosso nel momento stesso in cui mettono piede in Wallonia. Allora potrei uscire allo scoperto.»

Marge lo guardò. «Che cosa vuoi dire?»

«Sono stati condannati in contumacia per i reati commessi laggiù, condannati all'ergastolo. Non potranno mai fare ritorno qui.»

Ergastolo! pensò Sterling. Ora finalmente capiva che cosa doveva fare. L'unico problema era come riuscirci.

Uscì. Marge aveva già acceso le luci natalizie montate dal marito. Il tempo stava cambiando e il sole del tardo pomeriggio era scomparso dietro una cortina di nuvole scure. Le lampadine multicolori ammiccavano allegramente, contribuendo a disperdere la tetraggine invernale.

Improvvisamente, come un dono, tornò a Sterling il ricordo di alcune parole sentite a casa di Mama Heddy-Anna. È possibile, si disse, è possibile. Un piano per indurre i fratelli a tornare in patria stava cominciando a formarsi nella sua mente.

Era un tiro alla cieca, ma poteva funzionare!

«Ti stai impegnando sul serio, Sterling», osservò la suora con aria di approvazione.

«Sei un vero giramondo», tuonò l'ammiraglio.

«Tornando in Wallonia ci hai sorpreso molto», aggiunse il monaco. «Ma poi ci è sembrato di intuire i tuoi piani. Quello era il mio vecchio monastero, sai, ci ho vissuto mille e quattrocento anni fa. Difficile pensare che l'abbiano trasformato in un albergo. Servizio in camera, figurarsi!»

«La capisco, signore», assentì Sterling, «ma per i nostri scopi potrebbe andare benissimo. Credo di avere finalmente trovato la maniera di aiutare Marissa, Nor e Billy, e forse perfino Charlie. Non ha meno bisogno di aiuto della bambina, anche se in modo diverso.»

Raddrizzò le spalle e guardò negli occhi i suoi interlocutori. «Chiedo il permesso di apparire a Charlie in modo che possa lavorare con me alla soluzione del problema.»

«Vuoi dire apparire come hai fatto con Marissa, che ha

capito che non appartenevi al suo mondo?» indagò il pastore.

«Sì, credo che sia necessario.»

«Forse dovresti mostrarti anche a Marge», suggerì la regina. «Qualcosa mi dice che è a lei a portare i pantaloni in quella famiglia.»

«Temevo di tirare troppo la corda chiedendovelo», ammise Sterling con un sorriso. «Ma sì, sarebbe fantastico se potessi comunicare con entrambi.»

«Tirare la corda?» Il matador aveva inarcato le sopracciglia. «Questa espressione non era in voga quando ero vivo io.»

«Lo so, ma l'ho sentita da qualche parte. Forse nel ristorante di Nor, e in un certo senso mi piace.» Sterling si alzò. «Secondo il calendario terreno, domani sarà il giorno in cui incontrerò per la prima volta Marissa. Il cerchio si è compiuto.»

«Non dimenticare che è anche il giorno in cui sei comparso davanti a noi», lo stuzzicò la donna che assomigliava a Pocahontas.

«Non potrei dimenticarlo anche se volessi.»

«Vai allora, e con la nostra benedizione», disse il monaco. «Ma ricorda... il Natale, che tu speri di celebrare in cielo, si avvicina sempre di più.»

Marissa fu felice quando, entrando in camera sua, trovò Sterling seduto vicino alla scrivania. «Pensavo che dovessi andare via», disse.

«Sono effettivamente andato via», spiegò lui. «Ho dato un'occhiata a quest'ultimo anno mentre tu eri a cena, e ora so che cosa è successo a Nor e a tuo padre.»

«Un anno? Ma sono stata di sotto soltanto un'ora!»

«Per me il tempo scorre diversamente.»

«Continuavo a pensare a te», confessò la bambina. «Ho mangiato in fretta e furia, poi però Roy mi ha bloccata con una storia noiosa su quando era piccolo e interpretava la parte del pastore nella recita scolastica. Sono filata via prima che ho potuto. Sono così contenta di vederti!»

«Be', mentre tu eri di sotto, io ho scoperto un bel po' di cose. Ora però devo andare, ho parecchio da fare se voglio che Nor e Billy tornino in tempo per il tuo compleanno.»

«Compio gli anni la vigilia di Natale», si affrettò a rammentargli lei. «Otto.»

«Sì, lo so.»

«Mancano solo quattro giorni.»

Nei suoi occhi, lo scetticismo si mescolava alla speranza. «Tu potresti aiutarmi», disse Sterling.

«Come?»

«Recitando qualche preghiera.»

«Lo farò, te lo prometto.»

«E comportandoti gentilmente con Roy.»

«Non sarà facile.» Marissa raddrizzò le spalle e con voce profonda recitò: «'Ricordo quella volta che... bla, bla, bla'.»

«Marissa...» la ammonì lui con un luccichio divertito negli occhi.

«Lo so, lo sooo... Roy è a posto, immagino.»

Sterling si alzò, felice della momentanea spensieratezza che aveva colto nello sguardo della piccola amica. Gli tornò in mente la prima volta che l'aveva vista con Nor e Billy. Non posso deluderla, si disse, e la sua era insieme una preghiera e una promessa.

«È ora che vada, Marissa.»

«La vigilia di Natale... hai promesso!»

Charlie e Marge avevano l'abitudine di sistemare i regali sotto l'albero qualche giorno prima di Natale. I loro tre figli abitavano nelle vicinanze, una fortuna per cui Marge ringraziava il cielo ogni giorno.

«Quante sono le persone costrette a vivere lontane dai genitori?» chiese in modo retorico china sull'essiccatore. «Siamo talmente fortunati!»

I loro sei nipoti erano un'autentica fonte di gioia, a partire dal diciassettenne che stava per andare al college, fino ad arrivare al più piccolo che aveva appena cominciato la scuola. «Tutti bravi ragazzi», si vantava Marge. «Neppure una mela marcia.»

Ma quella sera, mentre disponevano i doni sotto l'albero, non provavano il consueto senso di soddisfazione e di attesa. Pensavano con timore a cosa sarebbe accaduto una volta che Charlie avesse parlato con l'FBI, e alle otto e mezzo sedevano silenziosi in soggiorno. Armato di telecomando, Charlie passava distrattamente da un canale all'altro.

Marge guardava l'albero di Natale, una vista che di solito la riempiva di gioia. Non quella sera, però. Neppure le decorazioni che i suoi figli avevano realizzato nel corso degli anni riuscirono a strapparle un sorriso.

Poi, mentre osservava, uno degli ornamenti scivolò sul tappeto, un angelo di cartapesta con un'ala più corta dell'altra e un cappello al posto dell'aureola. Si alzò per raccoglierlo, ma prima che potesse allungare la mano l'angelo cominciò a risplendere.

Marge sbarrò gli occhi e per una volta non trovò niente da dire. In pochi secondi, l'angelo si era trasformato in un uomo dal viso gradevole, con un elegante cappotto blu scuro e un cappello che si affrettò a togliere.

«AAAAAAHHHHHHHH», urlò Marge.

Charlie, che si era appisolato, balzò in piedi, e nel vedere Sterling gridò: «Ti ha mandato Junior, so che è stato lui».

«Gesù, Giuseppe e Maria», recitava intanto fervidamente Marge. «Non sono stati i Badgett, Charlie. È un fantasma.»

«Non allarmatevi, vi prego», si affrettò a rassicurarli il nuovo arrivato. «Sono qui per aiutarvi a risolvere il problema con i Badgett. Sedetevi.»

I due si scambiarono un'occhiata, poi obbedirono. Furtivamente, Marge si segnò.

Sterling stava sorridendo. Rimase in silenzio qualche istante, per lasciare loro il tempo di abituarsi alla sua presenza e superare la paura.

«Vi dispiace se mi siedo anch'io?» disse infine.

Gli occhi di Marge erano grandi come piattini. «La prego, e si serva pure di biscotti», bisbigliò indicando il piatto posato sul tavolino.

«No, grazie», rispose lui sorridendo. «Non mangio più.»

«Vorrei poter dire lo stesso di me», commentò Charlie, il telecomando ancora in mano.

«Spegni la TV, Charlie», ordinò la moglie.

Nel ripensare alle parole della regina, Sterling non riuscì a trattenere un sorrisetto. Era evidente che in quella casa era Marge a portare i pantaloni. *Hanno capito che non voglio fare loro del male,* si disse. *È arrivato il momento di spiegare il motivo della mia presenza.*

«Conoscete entrambi Nor Kelly e Billy Campbell», esordì. «E sapete che sono entrati a far parte del programma protezione testimoni.»

Charlie annuì.

«Io sono stato mandato qui per aiutare la figlia di Billy, Marissa, che sogna di rivedere il padre e la nonna. Per riuscirci, è necessario eliminare la minaccia che incombe su di loro.»

«Junior e Eddie.» La voce di Charlie era piatta.

«Quei due!» proruppe Marge con disprezzo.

«Quando ho cominciato a darmi da fare per trovare il modo di garantire l'incolumità a Nor e Billy, mi sono reso conto che anche lei, Charlie, è in grave pericolo.»

Marge prese la mano del marito.

«Considerate tutte le circostanze, sono arrivato alla conclusione che il modo migliore per risolvere il problema è indurre i Badgett a fare ritorno in Wallonia, dove verranno arrestati e chiusi in carcere per il resto della loro vita.»

«Con la speranza che buttino via la chiave», disse Marge. «Quei due sono malvagi fino al midollo.»

Charlie, che restava pur sempre un avvocato, replicò:

«Le assicuro che i Badgett sono ben decisi a non mettere più piede in Wallonia».

«Neppure per Mama Heddy-Anna?»

«Sono quindici anni che si disperano perché non possono vederla, ma non sono mai andati a trovarla.»

«Ho un piano che forse potrebbe persuaderli a farlo», disse Sterling.

Improvvisamente speranzosi, Charlie e Marge lo ascoltarono in silenzio.

La mattina dopo, l'agente Rich Meyers, accompagnato dal suo assistente, l'agente Hank Schell, si recò a casa di Charlie e Marge Santoli. Vestiti da operai, introdussero in casa l'attrezzatura per le registrazioni.

Meyers sedette al tavolo di cucina con i Santoli, mentre Schell provava il microfono.

Quando la sera prima Charlie gli aveva telefonato, il federale gli aveva ricordato che aveva diritto all'assistenza di un legale prima di procedere a una registrazione che avrebbe potuto incriminarlo.

Charlie aveva rifiutato. Ho qualcosa di molto più utile di un avvocato, si era detto. Ho Sterling dalla mia parte.

«Pronto, signor Santoli?» chiese in quel momento Meyers.

«Sì. Mi chiamo Charles Santoli...»

Per tutta l'ora successiva, l'avvocato illustrò i suoi legami con i Badgett, cominciando dalle imprese legittime dei fratelli per arrivare alla descrizione particolareggiata delle loro attività criminali. Concluse dicendo che a suo avviso il governo non sarebbe mai stato in grado di condannare Junior e Eddie per l'incendio al capannone di Kramer, e che Nor Kelly e Billy Campbell sarebbero stati in costante pericolo, protezione o meno.

Meyers ascoltava impassibile.

Infine, Charlie tirò un profondo respiro. «Sto per suggerirle qualcosa che forse le farà credere che ho bisogno di cure mediche più che di assistenza legale, ma la prego di ascoltarmi fino in fondo.»

Sterling gli fece una smorfia e strizzò l'occhio.

Con un leggero sorriso, l'avvocato espose il piano di Sterling. Di tanto in tanto lo guardava con aria interrogativa e in cambio riceveva un cenno di incoraggiamento.

La prima reazione di Meyers – «Vorreste fare *che cosa?*» – si tramutò gradualmente in un riluttante: «Non è impossibile», e infine in un: «Abbiamo sprecato migliaia di ore dietro a quei due e sempre senza alcun esito. Ma se finissero in prigione in Wallonia, tutte le loro attività andrebbero a carte quarantotto».

«Il punto è esattamente questo», approvò Charlie. «Potrebbero volerci anni per ottenere una condanna qui, e resterebbero pericolosi anche in prigione. Ma sbattiamoli in un carcere dall'altra parte del mondo, e i loro scagnozzi spariranno come per magia.»

Il registratore venne spento e i due agenti si alzarono. «Ovviamente, dovrò parlarne con i miei superiori», disse Meyers. «Ci sentiamo tra un paio d'ore.»

«Mi troverete qui», rispose Charlie. «Non tornerò a lavorare che dopo Natale.»

«L'attesa è sempre la parte peggiore, vero?» sospirò Marge quando rimasero soli.

Sterling pensò ai quarantasei anni trascorsi nella sala

d'aspetto celeste. «Sono assolutamente d'accordo», disse. «Ma se tutto va bene, non dovremo aspettare a lungo.»

La telefonata di Meyers arrivò all'una in punto. «Possiamo procedere. Se lei farà la sua parte, noi penseremo al resto.»

«I negozi sono sempre talmente gremiti a Natale», sospirò Jewel quando, alle tre, la limousine varcò il cancello della proprietà dei Badgett. «Non vi ha fatto entrare nello spirito giusto, andare al centro commerciale e guardare la gente che si affrettava a fare gli ultimi acquisti?»

«A me ha dato sui nervi», replicò acido Junior. «Ancora non capisco come hai fatto a convincermi.»

«Neppure io», gli fece eco Eddie. «Non sono il tipo che ama mangiare nelle tavole calde. Quel posto era talmente rumoroso che non riuscivo neppure a sentirmi pensare.»

«Tanto non pensi mai», biascicò il fratello tra i denti.

«Molto divertente», borbottò Eddie. «Tutti dicono che ho preso da te.»

«Ma abbiamo comperato delle cose carinissime», si entusiasmò Jewel. «Quei maglioni da sci vi stanno magnificamente. Peccato che non andiamo mai da nessuna parte, e Long Island non è esattamente il posto giusto per sciare.» Si strinse nelle spalle. «Oh, be'. Avete qualche programma per la giornata?»

In casa, la ragazza andò di filato ad accendere le luci dell'albero di Natale. «Non è che vada esattamente pazza per queste lampadine color porpora», mormorò mentre allungava il cavo verso la presa.

Junior era alla finestra. «Hai invitato una delle tue amiche sciroccate, Jewel? C'è un'auto al cancello.»

«Le mie amiche non sono sciroccate e comunque sono tutte a fare acquisti.»

Il citofono ronzò e fu Eddie a premere il pulsante. «Chi è?»

«Sono Charlie, e c'è mia moglie con me. Ti dispiace se entriamo un minuto?»

L'altro alzò gli occhi al cielo. «No, certo, venite pure.»

«Perché diavolo si è portato dietro la moglie?» Junior era irritato.

«Siamo a Natale», gli ricordò Jewel. «È normale che la gente vada in visita. Tanto per essere carini.»

«Il Natale mi dà il voltastomaco», ringhiò Eddie. «Mi fa star male.»

«Una reazione del tutto naturale», commentò Jewel, interessata. «Ho appena letto un articolo scritto da uno psicologo molto in gamba. Secondo lui, a Natale le persone si deprimono perché...»

«Perché quelle come te li mandano fuori di testa», la interruppe Eddie.

«Datti una calmata», lo ammonì il fratello. «Jewel sta solo cercando di tirarci un po' su il morale.»

«Oh, agnellino, come hai ragione. È proprio quello che vorrei fare.»

Eddie andò ad aprire la porta.

«Non essere nervosa, Marge», sussurrò Sterling quando videro la maniglia abbassarsi.

L'accoglienza poco entusiasta di Eddie fece capire ai Santoli quanto esattamente fossero i benvenuti in casa Badgett.

Facendosi forza, Marge seguì Eddie nel salone, tallonata dal marito e dall'onnipresente Sterling.

«Benvenuti!» trillò Jewel. «E buon Natale. Che bella sorpresa. Siamo felicissimi di vedervi.»

Oh, mio Dio, pensò Marge, che razza di albero. Le rare volte che era stata in quella casa a Natale, l'albero era sempre addobbato in modo ragionevolmente tradizionale. Ma non quell'anno.

Tese a Jewel un vassoio di biscotti. «Li preparo per i miei amici tutti gli anni», spiegò.

«Un commovente segno di affetto», tubò la ragazza.

«Sedetevi un minuto», intervenne Junior. «Stavamo giusto per uscire.»

«Sedetevi, sedetevi», gli fece eco Jewel.

«Non ci fermeremo a lungo», promise Charlie prendendo posto sul divano. «È solo che stanotte Marge ha fatto un sogno talmente vivido che si è sentita in dovere di avvertirvi.»

«Avvertirci a proposito di che cosa?» chiese Junior in tono misurato.

«È stato davvero inquietante», disse Marge. «Si tratta di vostra madre...»

«MAMMA!» ululò Eddie. «Le è successo qualcosa?»

Marge scosse la testa. «No, ma soffre per caso di giramenti di testa?»

Junior non le staccava gli occhi di dosso. «Sì.»

«E di dolori nella zona del cuore?»

«Sì.»

«Flatulenza?»

«Sì.»
«Non avverte più il gusto dei cibi?»
«Sì.»
«Non chiude praticamente occhio?»
«Sì.»
«Di tanto in tanto vomita?»
«Sì.»
«Ha le gengive infiammate?»
«Non ce la faccio più», esplose Eddie, in lacrime. «Ora la chiamo.»
Corse al telefono.

L'annuale party natalizio di Mama Heddy-Anna era in pieno svolgimento. Il vino e la grappa scorrevano a fiumi; tutti avevano portato qualcosa e la tavola gemeva sotto il peso dei vari piatti. Un vecchio giradischi suonava canti natalizi e tutti partecipavano con entusiasmo al coro.

Quando squillò il telefono, la persona più vicina al giradischi si affrettò a staccare la puntina dal disco. «Silenzio tutti quanti!» intimò.

Alla lista dei malanni di Heddy-Anna erano state aggiunte nuove voci, e uno degli invitati le indicò mentre la donna rispondeva al quinto squillo.

«Pron... pronto.»

«Mamma, come stai? Qualcuno ha sognato che non ti sentivi bene...»

«E aveva ragione.» Mama Heddy-Anna ammiccò agli amici e fece loro cenno di portarle gli occhiali.

«Parla più forte, mamma, quasi non ti sento. Hai una voce...»

Heddy-Anna scorse le voci dell'elenco. «Credo che questo sarà il mio ultimo Natale», sospirò, poi, improvvisando: «La persona che mi ha sognato non ti ha detto che sono in punto di morte?»

«Non dirlo neppure, mamma, sai che non è vero. Non dimenticare che la nonna è vissuta fino a centotré anni.»

«Era una donna forte... non come me.»

Junior parlò da una derivazione. «Qualcosa non va, mamma?»

«Stamattina ho vomitato... ho le gengive terribilmente infiammate... giramenti di testa, non sai quanto... e certi giorni il dolore al cuore non mi dà tregua...»

Gli amici, impazienti di riprendere la festa, le stavano facendo cenno di riattaccare.

Lei annuì. «Non ce la faccio a parlare», gemette. «Mi manca il fiato, ho sempre bisogno di riposare. Non capisco perché avete chiamato a quest'ora... ma d'altronde, che cosa aspettarsi da due figli che non vanno mai a trovare la loro vecchia madre?»

«Mamma, tu *sai* quanto ti vogliamo bene», singhiozzava Eddie.

La risposta fu il *clic* della comunicazione che veniva interrotta.

Jewel tese a Eddie un fazzoletto pulito. Junior si soffiò vigorosamente il naso.

I Santoli avevano un'espressione adeguatamente solenne. Marge si alzò. «Forse non avrei dovuto dirvi nulla, ma pensavo fosse meglio farvelo sapere, nel caso vi proponiate di trascorrere le vacanze con lei.»

Charlie sembrava imbarazzato. «Ti dispiacerebbe

aspettarmi in macchina, cara? Ho una piccola questione d'affari da discutere con Junior e Eddie.»

«Naturalmente.» Marge prese le mani di Junior e le strinse con calore. «Mi dispiace tanto», mormorò.

Passando davanti a Eddie, gli scoccò un bacio consolatorio sulla guancia.

«Accompagna Marge all'auto, Jewel, e lasciaci soli per qualche minuto», ordinò Junior.

Jewel infilò il braccio sotto quello dell'altra donna. «Venga, cara. So che voleva soltanto essere di aiuto.»

Quando furono fuori portata, Charlie disse con fare esitante: «Naturalmente capite che Marge è persuasa che voi siate sempre andati regolarmente a trovare Mama Heddy-Anna».

«Ed è bene che sia così», abbaiò Junior.

Charlie non fece commenti. «Devo dire che il suo racconto mi ha scosso parecchio, poi però mi è venuta un'idea. Forse vi sembrerà pazzesca, ma...» si strinse nelle spalle. «Be', tanto vale che ve la illustri. C'è un modo per consentirvi di andare a trovare vostra madre senza correre rischi.»

«Di cosa stai parlando?» Il tono di Junior era duro.

«Che cosa significa per voi il monastero di Santo Stefano dei Monti?»

«Il monastero di Santo Stefano dei Monti? Si trova nella città vicina al nostro villaggio, appena oltre la frontiera. Da ragazzi ci andavamo a sciare, ma in seguito è stato abbandonato.»

«Pensavo che ne aveste sentito parlare. Lo hanno trasformato in un albergo, e verrà inaugurato a Capodanno.»

«Sul serio?» si stupì Eddie. «Non hanno mai permesso a nessuno di occuparlo. Non capisco però...»

«Mia cugina, che è suora, viene sempre a pranzo da noi il giorno di Natale. Da lei abbiamo saputo che sessanta religiosi tra suore, monaci e sacerdoti, provenienti da tutto il paese, alloggeranno in quel convento durante la settimana di Natale, prima dell'apertura al pubblico.»

Stavano recependo il messaggio, pensò Charlie nel vedere i due fratelli scambiarsi un'occhiata meditabonda. «Hanno noleggiato un aereo che partirà domani sera dal Teterboro Airport, nel New Jersey. Atterreranno sulla nuova pista adiacente all'hotel, che naturalmente si trova appena al di là del confine rispetto alla casa di vostra madre.»

Charlie avrebbe voluto asciugarsi la fronte, ma non voleva che gli altri due percepissero la sua agitazione.

«Ho chiesto a mia cugina se erano rimasti posti liberi e pare che stamattina ce ne fossero ancora quattro o cinque.»

Junior e Eddie si guardarono. «Con gli sci, potremmo arrivare a casa della mamma in un baleno», disse il secondo.

Charlie deglutì. Ora o mai più. «Se vi travestiste da monaci che hanno fatto voto di silenzio, non correreste alcun pericolo. Immagino che per voi non sarebbe difficile organizzare la cosa.»

«Nessun problema», asserì brusco Junior. Seguì una pausa durante la quale guardò il fratello. «Tornare a casa mi è sempre sembrato troppo rischioso, ma in questo modo potrebbe funzionare.»

«Io ci vado», disse Eddie in tono risoluto. «Non riuscirei più a dormire tranquillo se succedesse qualcosa alla mamma prima che abbia avuto la possibilità di rivederla almeno una volta.»

Charlie aggrottò la fronte. «Bisogna fare in fretta. Quei posti potrebbero essere già stati assegnati.»

«Sarà meglio di no», disse Junior in tono minaccioso. «Avresti dovuto parlarcene subito.»

Charlie estrasse il cellulare.

«No, usa il telefono fisso», ordinò l'altro. «E inserisci il vivavoce.»

«Naturalmente.»

«Convento di St. Mary», disse una morbida voce femminile. «Sono suor Josephine.»

«Suor Josephine, sono Charles Santoli, il cugino di suor Margaret.»

«Sì, come sta, signor Santoli?»

«Bene, grazie. Mia cugina c'è?»

«No, mi dispiace, è uscita per le ultime compere in vista del viaggio. Ci hanno consigliato di portare qualche maglione in più.»

I fratelli stavano guardando Charlie. «Chiedilo a lei», sussurrò impaziente Junior.

«Sorella, sa per caso se il volo per Santo Stefano è già pieno?»

«Credo di sì. Mi lasci dare un'occhiata.»

«*Deve* esserci qualche posto libero», ansimò Eddie, torcendosi le mani.

«Signor Santoli? Avevo ragione. Il volo è pieno, ma ci sono appena state due disdette. Una delle nostre sorelle più anziane non se la sente di affrontare il viaggio, e lei e la sua compagna resteranno a casa.»

«Sarà meglio che la vecchia non si riprenda troppo in fretta», grugnì Junior. «Prenota quei due posti.»

All'altro capo del filo, l'agente federale Susan White, che da ore si trovava al convento in attesa della telefonata, alzò il pollice verso Rich Meyers.

Cominciò a scrivere: «Fratello Stanislas e fratello Casper...»

Marge e Charlie erano fantastici, pensò Sterling con un sorriso che gli andava da un orecchio all'altro. La prima fase del piano aveva funzionato a meraviglia.

Marissa, stiamo arrivando.

«Buona notte, Marissa», disse Denise chinandosi a baciare la figlia.

«Buona notte, mamma. Non vedo l'ora che arrivi domani. Pensa! Il mio compleanno *e* la vigilia di Natale.»

«Ci divertiremo un mondo», promise Denise spegnendo la luce.

Di sotto, raggiunse il marito che stava asciugando i piatti. «Tutti a letto?» chiese allegramente Roy.

«Sì, ma è strano. Pensavo che stasera Marissa sarebbe stata depressa, invece è eccitata e felice. Sembra quasi si aspetti che miracolosamente domani Billy e Nor siano qui.»

«In questo caso si prepara a una terribile delusione», borbottò Roy incupito.

«Gli ho procurato tutto quello di cui avevano bisogno», disse Charlie. «Le tonache, i breviari, le valigie... logore al punto giusto, come quelle di due religiosi che prendono sul serio il voto di povertà.»

Lui, Marge e Sterling erano seduti nel soggiorno dei Santoli, timorosi che i fratelli Badgett subodorassero l'inganno prima del decollo.

«E per quanto riguarda i passaporti?» chiese Marge. «Nessun rischio che li scoprano?»

«Falsi di prima qualità», assicurò Charlie. «Se ne sono occupati personalmente.»

«Come pensavano di arrivare a Teterboro?» chiese ancora la donna. «Spero che non abbiano preso la limousine.»

«La limousine doveva portarli fino a New York, a una delle loro lavanderie che è stata chiusa. Lì avrebbero dovuto cambiarsi per poi prendere uno di quei taxi collettivi per l'aeroporto.»

Erano le undici e cinquantacinque. Il decollo era previsto per la mezzanotte.

«Non so... quei due hanno una specie di sesto senso», gemette Charlie. «Se all'ultimo minuto scoprono che si tratta di un tranello e non partono, io sono un uomo morto.»

«Ti è sembrato che nutrissero qualche sospetto quando li hai visti, oggi?» Marge stava nervosamente facendo a pezzi un tovagliolino di carta.

«Nessuno. Al momento sono il loro miglior amico. Non dimenticare che è merito mio se rivedranno la loro mamma.»

E se non funzionerà, il biasimo ricadrà tutto su di me, che ho suggerito il piano, pensò Sterling con un po' di rimorso.

Il suono del telefono li fece sussultare.

Charlie sollevò la cornetta. «Pronto.»

«Signor Santoli?»

«Sì.»

«Sono Rich Meyers. Le farà piacere sapere che un certo volo charter è appena decollato con i fratelli Stanislas e Casper a bordo.»

Il sorriso pieno di sollievo di Charlie disse a Marge e a Sterling quello che aspettavano di sapere.

«Dovrebbero atterrare in Wallonia tra otto ore. La polizia li sta aspettando. I nostri agenti a bordo si libereranno degli abiti clericali e rientreranno non appena l'aereo avrà fatto rifornimento.»

Per Charlie fu come essersi liberato di un peso enorme. «Immagino che vogliate un'altra deposizione da parte mia.»

«La settimana prossima. Nel frattempo, si goda le feste. So che collaborerà con noi senza riserve.» Una pausa, poi Meyers aggiunse: «Non si preoccupi troppo, signor Santoli. Credo che sappia a che cosa mi riferisco».

«Grazie», fu la quieta risposta dell'avvocato.

Sterling si alzò. «Andrà tutto bene, Charlie», disse. «Lei è un brav'uomo. E ora devo proprio lasciarvi.»

«Potremo mai ringraziarla abbastanza?» fece Marge.

«Non pensateci nemmeno. Accontentatevi di usare in modo saggio il vostro tempo sulla terra. Credetemi, passa in fretta.»

Marge e Charlie si tenevano per mano. «Non la dimenticheremo mai», sussurrò lei.

«Mai», le fece fervidamente eco il marito.

«Ci rivedremo, ne sono sicuro», disse Sterling prima di scomparire.

«Quanto manca?» sibilò Eddie. «Questa tonaca mi dà il prurito.»

Il fratello gli allungò una gomitata prima di estrarre di tasca un taccuino su cui scribacchiò: «Voto di silenzio. Chiudi il becco. Siamo quasi arrivati».

In quel momento l'altoparlante diffuse la voce di una delle hostess. «L'atterraggio presso il Monastery Airport è previsto tra venti minuti...» Seguirono le consuete istruzioni.

Eddie non stava più nella pelle. Mama Heddy-Anna! Sto arrivando, mamma! pensava.

Junior non sapeva quando fosse cominciata quella sensazione di disagio. Guardò fuori del finestrino con gli occhi socchiusi. Il cielo era nuvoloso e quando l'aereo cominciò la discesa, qualche fiocco di neve si posò sul vetro.

Allungò il collo fino a quando non gli riuscì di distinguere il monastero e la pista che correva lì vicino. Tutto a posto, pensò allora. Per un minuto ho temuto che Santoli ci avesse ingannati.

Si sentì di nuovo la voce dell'assistente di volo: «Siamo appena stati informati che a causa delle cattive condizioni meteorologiche non sarà possibile atterrare al Monastery Airport. Atterremo invece a Wallonia City, a quarantacinque chilometri di distanza».

I due fratelli si guardarono. Eddie spinse indietro il cappuccio. «Che ne pensi?»

CHIUDI IL BECCO, scribacchiò furiosamente Junior.

«Un autobus vi trasporterà poi al monastero di Santo Stefano», stava dicendo la hostess. «Ci scusiamo per l'inconveniente, ma la nostra prima preoccupazione è la vostra sicurezza.»

«Come faremo a passare la dogana?» Eddie stava vanamente cercando di bisbigliare. «I passaporti sembreranno autentici anche se esaminati a una luce particolare o qualcosa del genere?»

CHIUDI IL BECCO, scrisse ancora Junior. Forse è tutto a posto, stava pensando. Si guardò intorno, scrutando i volti dei passeggeri, quasi tutti immersi in preghiera.

I PASSAPORTI SONO PERFETTI, scrisse. A PREOCCUPARMI È LA TUA BOCCACCIA.

Eddie si protese sopra di lui per guardare fuori. «Stiamo sorvolando la montagna. Guarda! Scommetto che riesco a individuare la casa della mamma.»

Aveva alzato al voce. Per coprirla, Junior finse un furioso accesso di tosse e subito l'hostess gli fu accanto per offrirgli un bicchiere d'acqua.

Ho bisogno di bere qualcosa di forte, pensava lui. Se mai torneremo a Long Island, farò a pezzi Charlie Santoli con le mie mani.

L'aereo toccò terra e andò a fermarsi a una certa distanza dal terminal. Quello che Junior e Eddie videro sulla pista li ammutolì come nessun voto di silenzio avrebbe mai potuto fare.

In mezzo a decine di poliziotti con indosso l'uniforme della Wallonia, una figura saltellava su e giù agitando il braccio.

Mama Heddy-Anna.

Junior scosse la testa. «Non ha l'aria di essere in punto di morte.»

Eddie sembrava sconcertato. «Mi sembra in ottima salute. Non riesco a crederci.»

«Abbiamo fatto il viaggio per niente, e ora passeremo il resto della vita in prigione.»

Il portello si aprì e quattro agenti si precipitarono dentro. A Junior e Eddie venne ordinato di alzarsi e mettere le mani dietro la schiena.

Furono condotti via tra gli applausi degli altri passeggeri, che già si stavano liberando di colletti bianchi e veli.

Ai piedi della scaletta, furono accolti da uno degli abbracci da orso di Mama Heddy-Anna.

«Questi cari poliziotti sono venuti a prendermi. Hanno detto che volevate farmi una sorpresa. So che siete nei guai, ma ci sono buone notizie! Papà è appena stato trasferito nel carcere in cui sarete rinchiusi.» Era raggiante. «Tutti e tre i miei uomini insieme! Pensate, potrò venire a trovarvi tutte le settimane.»

«Mamma», singhiozzò Eddie, la testa sulla spalla di lei. «Ero talmente preoccupato per te. Come ti senti?»

Heddy-Anna gli allungò un colpetto incoraggiante. «Mai stata meglio.»

Junior pensava alla casa di Long Island, alla limousine, al denaro, al potere e a Jewel che, lo sapeva, si sarebbe trovata un nuovo ragazzo nel giro di due settimane al massimo.

Mentre l'emozione scuoteva le spalle del fratello, tutto quello a cui lui riuscì a pensare fu: Come ho potuto essere così stupido?

La mattina del 24 dicembre, Billy e Nor stavano indugiando davanti a una colazione di cui nessuno dei due aveva voglia. La consapevolezza che quel giorno era la vigilia di Natale e anche il compleanno di Marissa li faceva sentire profondamente depressi.

Lo squillo improvviso del campanello della porta li sorprese entrambi. Billy corse ad aprire.

Un raggiante Frank Smith tuonò: «Prendete solo il necessario. Avete due posti prenotati sul volo delle dodici e quaranta per New York, e se non volete perderlo dovete fare in fretta».

Di solito, la vigilia di Natale il *Nor's Place* rigurgitava di clienti. Alcuni erano fuori per le ultime commissioni e si fermavano per uno spuntino veloce, mentre altri, più organizzati, si godevano una colazione tranquilla prima che avessero inizio i festeggiamenti veri e propri.

Oggi questo posto ha un'aria lugubre, pensava Dennis scrutando la sala. Scosse la testa. Per fortuna, Nor si era detta d'accordo con lui sull'inopportunità di tenere aperto il giorno di Natale.

«Immagino che tu abbia ragione», aveva ammesso. «Solo dieci prenotazioni! Quella gente si divertirà di più da qualsiasi altra parte.»

Siamo arrivati agli sgoccioli, rifletteva Dennis mentre prendeva un ordine per un'unica birra.

In quello stesso momento l'apparecchio sul bancone squillò.

«Dennis!» Era la voce di Nor, allegra e piena di energia. «Siamo appena sbarcati all'aeroporto, e fra un po' arriveremo lì. È finita, i Badgett sono in prigione e ci resteranno per sempre», spiegò. «Procurati una torta di compleanno per Marissa e telefona ai nostri soliti clienti. Di' loro che domani saremo aperti e che il pranzo di Natale sarà offerto dalla casa. Ma fai molta attenzione a non farlo sapere a mia nipote! Dev'essere una festa a sorpresa.»

Nel momento in cui aprì gli occhi e bisbigliò a se stessa: «Oggi ho otto anni», Marissa cominciò a temere che dopo tutto Sterling non sarebbe riuscito a riportare a casa suo padre e la nonna in tempo. Si era addormentata sicura di trovarli lì al suo risveglio, ma ora si rendeva conto che non era cambiato niente.

Aveva assicurato a se stessa che sarebbero tornati per Pasqua, ma così non era stato. Poi era stata certa che sarebbero stati a casa quando le scuole avessero chiuso per l'estate... poi quando avessero riaperto a settembre... e infine per il Giorno del Ringraziamento...

Sarà come tutte le altre volte, si disse mentre infilava l'accappatoio. Le lacrime minacciavano di sgorgare, ma le fermò premendosi le mani sugli occhi. Sforzandosi di sorridere, scese di sotto.

Sua madre, Roy e i gemelli erano già seduti al tavolo di cucina. Nel vederla, intonarono *Happy Birthday* e accanto alla sua scodella Marissa vide i regali: un orologio nuovo; libri e CD dalla mamma e da Roy; un maglione dalla nonna. Aprì gli ultimi due pacchetti: pattini da ghiaccio da suo padre e un nuovo costume da parte di NorNor.

Ora era assolutamente certa che non sarebbero arrivati. In caso contrario, perché non aspettare a darle i regali di persona?

Dopo colazione, portò di sopra i doni. In camera sua, trascinò la sedia davanti all'armadio e ci salì sopra con le scatole contenenti i pattini e il costume. Le depose sullo scaffale più alto e con la punta delle dita le spinse il più indietro possibile, finché sparirono.

Non voleva vederle mai più.

Alle undici era in soggiorno e leggeva uno dei nuovi libri, quando squillò il telefono. Anche se il suo cuore perse un colpo, quando sentì la madre dire: «Ciao, Billy», non alzò gli occhi.

Poi però la mamma le si precipitò vicino e, senza darle il tempo di dire: «Non voglio parlargli», le accostò la cornetta all'orecchio. Ed ecco che c'era suo padre che gridava: «Ti va di festeggiare il tuo compleanno da Nor? Stiamo arrivando!»

«Oh, papà», sussurrò Marissa. La gioia era troppa perché potesse dire di più. Poi sentì un colpetto sulla testa e quando alzò gli occhi lui era lì... il suo amico che portava quel buffo cappello e che non era esattamente un angelo. Le stava sorridendo.

«Addio, Marissa», disse, e un istante dopo non c'era più.

Come in trance, Marissa salì le scale, chiuse la porta della camera e salì sulla sedia per recuperare i regali che aveva nascosto. Quando fece per tirare giù le scatole, qualcosa cadde dallo scaffale.

In ginocchio per terra, rimase a contemplare la minuscola decorazione natalizia. Non l'aveva mai vista. Era un angelo vestito proprio come il suo amico.

«Hai lo stesso buffo cappello», sussurrò mentre lo raccoglieva. Lo baciò e poi, accostandoselo alla guancia, guardò fuori della finestra e verso il cielo.

«Mi hai detto di non essere un angelo», sussurrò. «Io però so che lo sei. Grazie per aver mantenuto la promessa di aiutarmi. Ti voglio bene.»

Quando entrò nella sala del Consiglio Celeste e vide le espressioni di approvazione sul viso dei santi, Sterling comprese di averli soddisfatti.

«Molto commovente», commentò con insolita dolcezza l'ammiraglio.

«Avete visto il viso della bambina?» sospirò la suora. «Esprimeva tutta la felicità che è possibile sulla terra.»

«Non ho potuto fare a meno di restare fino a che non ho visto Marissa nelle braccia del padre», si giustificò Sterling. «Poi sono andato al *Nor's Place* con loro. Che meravigliosa festa di compleanno! E sapete, la notizia del loro ritorno si è sparsa in un lampo in città ed è accorsa un sacco di gente a festeggiarli.»

«Mi sono venute le lacrime agli occhi quando Billy ha cantato la canzone che ha scritto per la figlia», confessò la regina.

«Si parla di un successo sicuro», aggiunse il matador.

«Come sapete, sta registrando tutte le canzoni che ha composto mentre era lontano», disse Sterling. «È stato un anno difficile per lui, ma ha saputo usarlo bene.»

«Come te», disse quietamente il pastore.

«Sì, assolutamente», approvarono gli altri.

«Non solo hai trovato qualcuno da aiutare e usato la testa per cercare di risolvere il suo problema, ma ci hai messo anche il cuore.» La sosia di Pocahontas era palesemente fiera di Sterling.

«E hai salvato Charlie Santoli dall'esistenza distruttiva che stava conducendo», rincarò la suora.

Ci fu una pausa.

Il monaco si alzò. «Sterling, sta per cominciare la celebrazione della nascita di Nostro Signore. È opinione del Consiglio che ti sei meritato non semplicemente una visita in paradiso, ma un soggiorno eterno. È tempo di condurti al di là dei cancelli.»

«Un minuto», lo fermò Sterling. «Ho ancora una cosa da chiedervi.»

Il religioso lo guardò. «Che cosa puoi volere d'altro in un momento come questo?»

«Be', voglio dirvi che sono grato a tutti voi. Come sapete, desidero con tutto me stesso entrare in paradiso. Ma ho anche talmente apprezzato questa esperienza che, con il vostro permesso, mi piacerebbe tornare sulla terra ogni Natale e cercare qualcuno da aiutare. Non mi ero mai reso conto di come ci si sente bene quando si fa del bene agli altri.»

«Rendere felice il prossimo è una delle grandi gioie della condizione umana», dichiarò allora il monaco. «Hai imparato la lezione ancora meglio di quanto credessimo. E ora andiamo.»

Quando si avvicinarono, i cancelli del cielo si spalancarono rivelando una luce più vivida di mille soli, più intensa di quanto Sterling avesse mai potuto immaginare. Una profonda pace interiore permeava tutto il suo essere. Stava andando verso la luce; era parte di essa. Il Consiglio Celeste gli fece spazio, e lui continuò a camminare con passo solenne e reverenziale. Era consapevole che un gruppo di persone lo stava aspettando.

Una mano toccò la sua. «Sterling, lascia che ti accompagni.»

Era Annie.

«Gli altri nuovi ammessi sono proprio davanti a te», gli sussurrò. «Sono giunti tutti insieme. Le loro vite hanno avuto una conclusione tragica e, benché abbiano trovato la gioia eterna, sono profondamente in ansia per i cari che si sono lasciati dietro. Ma troveranno il modo di mandare loro aiuto e conforto.»

Fece una pausa, e poi: «Oh, ascolta, i festeggiamenti stanno per cominciare».

Una musica riempiva l'aria e saliva in un crescendo. Insieme agli angeli, ai santi e a tutte le altre anime, Sterling cominciò a cantare mentre procedevano verso la luce.

Tu scendi dalle stelle...

I libri di Mary Higgins Clark

Nella notte un grido
Una donna divorziata va a vivere con un affascinante pittore. Ma gli echi di un torbido passato giungono al suo orecchio e lei deve scoprire un terribile segreto.

La culla vuota
Dalla finestra dell'ospedale, un'avvocatessa scorge un uomo che carica un corpo su un'auto. E scopre che nel laboratorio due medici lavorano a un agghiacciante progetto...

Incubo
Una giornalista deve girare un documentario sulla prima donna vicepresidente in America. Indagando sulla senatrice, scopre la sconcertante storia della propria famiglia.

Non piangere più, signora
Sconvolta dalla morte della sorella, Elisabeth si rifugia da un'amica. Ma presto si trova circondata da persone che avevano un buon motivo per uccidere sua sorella...

Mentre la mia piccola dorme
New York: viene uccisa una scrittrice di cronaca mondana che aveva promesso scottanti rivelazioni sul mondo della moda. Una sua amica indaga, ma...

La Sindrome di Anastasia
Cinque racconti dal potere ipnotico dalla maestra del thriller, dove le situazioni da incubo sono ben celate sotto la tranquilla banalità del vivere quotidiano.

Le piace la musica, le piace ballare
Una morte misteriosa e, come unico indizio, un ritaglio di giornale. Una donna coraggiosa sulle tracce dell'assassino dell'amica. Un thriller superbo.

In giro per la città
Un thriller psicologico di ottima fattura che ricostruisce il caso di una giovane affetta da schizofrenia, accusata dell'omicidio del suo professore...

Un giorno ti vedrò
L'odissea di una giornalista – in situazioni intricate ed esplosive – alle prese con una sosia il cui destino è misteriosamente intrecciato al suo.

Ricordatevi di me
Una coppia cerca di sfuggire ai ricordi di un passato doloroso in una nuova casa. Ma voci inquietanti cominciano a turbare la loro felicità. Un romanzo emozionante...

Domani vincerò
Sei racconti legati tra loro da un filo rosso sangue: una raccolta indimenticabile che unisce un profondo terrore psicologico e una prosa elegante ed efficace.

Un colpo al cuore
Il viso di una donna bellissima – morta strangolata anni prima – sembra rivivere in altre figure femminili, sollevando inquietanti interrogativi... Un romanzo da brivido.

Una notte, all'improvviso
New York, poco prima di Natale: il furto di un portafoglio un po' speciale spinge un bambino a seguire la ladra... Una storia dai risvolti struggenti e imprevedibili.

Bella al chiaro di luna
Un misto di suspense ed emozioni per questo intrigante best-seller. Che cosa è successo a Maggie, giovane fotografa, per trovarsi sepolta viva in un'antica bara?

Testimone allo specchio
Un'intraprendente agente immobiliare assiste a un omicidio, raccogliendo le ultime parole della vittima. Questo la obbligherà a rinunciare a identità e affetti...

Sarai solo mia
Tre anni dopo la scomparsa di Regina Clausen, la psicologa Susan Chandler dedica una puntata del suo show radiofonico all'episodio. Per lei è l'inizio di un incubo terribile.

Accadde tutto in una notte
Un calice dai benefici poteri trafugato e una neonata abbandonata; solo dopo una minuziosa indagine, Alvirah Meehan e suo marito Willy scopriranno il nesso tra i due episodi...

Ci incontreremo ancora
Molly viene accusata di aver assassinato il marito. Malgrado il patteggiamento della pena, passa cinque anni in carcere da dove esce risoluta a dimostrare la propria innocenza.

Uno sconosciuto nell'ombra
Ronald Thompson è condannato alla sedia elettrica per l'omicidio di una donna; tutto sembrerebbe già scritto, ma nelle poche ore che precedono l'esecuzione...

Prima di dirti addio
Nel tentativo di contattare un'ultima volta il marito da poco scomparso, Nell si rivolge a una medium. Scoprirà però un mondo fatto di insospettate bugie e clamorose rivelazioni...

L'appuntamento mancato (CON CAROL HIGGINS CLARK)
Un impresario di pompe funebri e la sua autista vengono rapiti da una banda di malviventi che si muove prendendo spunto dalla trama di un giallo scritto proprio da sua moglie.

Sapevo tutto di lei

Quando Emily Graham acquista un'antica residenza di famiglia, pensa di trovarvi rifugio dai problemi. Ma nel giardino della villa gli operai trovano i resti di due cadaveri...

La figlia prediletta

Ellie Cavanaugh ha sette anni quando sua sorella Andrea viene uccisa. La sua testimonianza fa condannare la persona da lei ritenuta responsabile, ma ventidue anni dopo...

Una luce nella notte

Mary Higgins Clark racconta, con straordinaria umanità, le tappe salienti della sua vita, un'esistenza non facile: le speranze, le delusioni, le conquiste, ma soprattutto l'amore.

Dove sono i bambini?

Dopo la tragica perdita dei due figlioletti e la fine del matrimonio, Nancy si è rifatta una vita. Ma una terribile mattina capisce che l'incubo sta ricominciando...

La seconda volta

Incaricata dalla testata per cui lavora di ricostruire un profilo del cognato scomparso, inventore di un vaccino anticancro, Carley resta coinvolta in un pericoloso intrigo.

Quattro volte domenica

L'agiata vita di Henry e della bellissima moglie Sandra è scossa dalla notizia che un caro amico ha ucciso la giovane amante. La coppia ritiene l'uomo innocente e inizia a indagare.

La notte mi appartiene

La morte, apparentemente casuale, di alcune ex compagne di corso di Jean Sheridan, storica e scrittrice di successo, nasconde il desiderio di vendetta di un serial killer...

Il ladro di Natale (con Carol Higgins Clark)
Suspense e personaggi indimenticabili per la scomparsa di... un abete! Ma non una pianta qualunque. Anni prima un truffatore vi ha nascosto il suo tesoro e ora lo vuole recuperare.

Casa dolce casa
Una bambina macchiata del sangue della propria madre, una giovane donna che si è rifatta una vita, i muri della casa natale come unici testimoni della verità...

Due bambine in blu
Nel giorno del loro terzo compleanno Kathy e Kelly vengono rapite. Il riscatto è stato pagato ma nell'auto abbandonata dai sequestratori viene ritrovata solo una delle gemelline.

Una crociera pericolosa (con Carol Higgins Clark)
Cosa c'è di più rilassante di una crociera di lusso? O di più inquietante? Un anziano passeggero intravede uno spettro, una tempesta improvvisa manda fuori rotta l'imbarcazione...

Ho già sentito questa canzone
Kay Lansing torna nella tenuta dove ha trascorso l'infanzia. Lì incontra l'affascinante vedovo Peter Carrington e decide di sposarlo nonostante i sospetti che aleggiano sull'uomo.

Dimmi dove sei
Mack è scomparso nel nulla. Una volta all'anno telefona alla madre rifiutandosi però di rivelare dove si trova. La sorella decide di rintracciarlo, ma si scontra con pericoli inattesi.

Collana «Superbestseller»

Romanzi

905. K.C. McKinnon, *Le candele brillavano a Bay Street*
906. A. Vachss, *La seduzione del male*
907. B. Erskine, *La notte è un luogo solitario*
908. J. Lent, *Vento d'autunno*
909. J. Sandford, *Il punto debole*
910. D. Koontz, *Sopravvissuto*
911. M. Higgins Clark, *Accadde tutto in una notte*
912. A. Liu, *La casa delle colline dorate*
914. J. Fletcher & D. Bain, *La Signora in Giallo - Manhattan & omicidi*
915. J. Shields, *La mangiatrice di fichi*
916. J. Kellerman, *Buon viaggio bastardo*
917. D. Steel, *Dolceamaro*
918. R. Bachman (S. King), *La lunga marcia*
919. C. Lim, *Lacrime di cristallo*
921. F. Bardelli, *Ancora un tango*
922. J. Higgins, *Attacco al presidente*
923. B. Plain, *Un incontro, una svolta*
924. J. Archer, *L'undicesimo comandamento*
925. D. Bellomo, *L'ultima notte sul Normandie*
926. S. King, *La bambina che amava Tom Gordon*
927. M. Haran, *Qualcosa di mio*
928. R. Cook, *Invasion*
929. D. Kennedy, *Un amore senza fine*
930. J. Mitchard, *La relatività dell'amore*
931. J. McNaught, *Sussurri nella notte*
933. S. Coonts, *Cuba*
934. S. Sheldon, *L'amore non si arrende*
935. L. Forbes, *Tempesta su Bombay*
936. S. King, *Cuori in Atlantide*
937. N. Sparks, *Un cuore in silenzio*
938. M. Higgins Clark, *Prima di dirti addio*
939. B. Taylor Bradford, *L'uomo giusto*
940. D. Koontz, *Mezzanotte*
941. A. Trigiani, *Una stagione d'amore a Big Stone Gap*
942. S. Beauman, *Il segreto di Rebecca*
943. S. Brown, *Alibi di una notte*
944. C. Wilkins, *Il momento perfetto*
945. M. Binchy, *Come un dolce ben riuscito*
946. A. Linklater, *Il codice dell'amore*
947. M. Palmer, *Il paziente*
950. D. Steel, *Immagine allo specchio*
951. I. Johansen, *Occhi innocenti*
952. B. Bickmore, *Finalmente a casa*
953. L. Scottoline, *Il momento della verità*
954. P. Margolin, *La morte non ha fretta*
955. M. Allan Collins, *Era mio padre*
956. S. Coonts, *Hong Kong*
957. B. Kingsolver, *Una magnifica estate*
958. D. Steel, *Le nozze*
960. M. Higgins Clark e C. Higgins Clark, *L'appuntamento mancato*
961. J. Sandford, *Preda facile*
962. G. Magrini, *Il falò delle bugie*
963. J. Fletcher & D. Bain, *La Signora in Giallo - Omicidi & fantasmi*
965. D. Koontz, *Falsa memoria*
966. D. Steel, *Forze irresistibili*
967. J. Kellerman, *Una vittima scomoda*
968. S. King e P. Straub, *La casa del buio*
969. M. Higgins Clark, *Sapevo tutto di lei*
970. J. Higgins, *Vendetta privata*
971. J. Fletcher & D. Bain, *La Signora in Giallo - Rum & delitti*
972. R. Cook, *Shock*
973. P. Margolin, *Prova d'accusa*
974. B. Plain, *Un colpo di fortuna*
977. S. King, *L'acchiappasogni*
978. S. Casati Modignani, *Vicolo della Duchesca*
979. M. Tornar, *Niente più che l'amore*
980. B. Taylor Bradford, *Amore lontano*
981. J. Reardon, *Il diario di Ellen Rimbauer*
982. O. Goldsmith, *Nemici per amore*
983. J. Lindsey, *Il primo bacio*
984. T. Matsuoka, *Nube di passeri*
985. F. Sherwood, *Il Vicolo d'oro*
986. V.A. Chandra, *Missione Kashmir*
987. J. Stanton Hitchcock, *Sussurri e crimini*
988. A. Mark, *La felicità che cercavo*
989. P. Cogan, *La bussola del cuore*
990. D. Koontz, *Il cattivo fratello*

991. L. Scottoline, *Legittima vendetta*
992. S. Brown, *Gioco pericoloso*
993. D. Steel, *Aquila solitaria*
994. B. Kingsolver, *L'albero dei fagioli*
996. J. Graham, *La stagione dei fiori selvatici*
997. M. Higgins Clark, *Dove sono i bambini?*
999. D. Steel, *Granny Dan - La ballerina dello zar*
1000. S. Casati Modignani, *6 Aprile '96*
1001. J. Kellerman, *Istantanee di morte*
1002. J. Higgins, *L'infiltrato*
1003. J. Fletcher & D. Bain, *La Signora in Giallo - Assassinio a bordo*
1004. I. Black, *Il predatore*
1005. S. Grea, *Saigon, addio*
1006. C. Higgins Clark, *Quattro diamanti per un delitto*
1007. R. Cook, *Esperimento*
1008. P. Cogan, *Il tempo delle due lune*
1009. L. Rice, *Incontro alle stelle*
1010. A. Liu, *Il posto delle lanterne colorate*
1011. D. Kennedy, *Storia di noi due*
1012. M. Binchy, *La ricetta di un sogno*
1013. N. Sparks, *I passi dell'amore*
1014. D. Steel, *La casa di Hope Street*
1015. O. Goldsmith, *La moglie di mio marito*
1016. J. Clark, *Figlia dell'oceano bianco*
1017. A. Soussan, *Il mistero del candelabro*
1018. D. Koontz, *L'ultima porta del cielo*
1019. B. Taylor Bradford, *Un posto per me nel tuo cuore*
1020. M. Lawson, *Il sentiero per Crow Lake*
1021. B. Plain, *Una finestra sul domani*
1022. D. Steel, *Un uomo quasi perfetto*
1023. T. Hoag, *La prova del fuoco*
1024. L. Scottoline, *Colpevole o innocente*
1025. J. Mitchard, *Forte come la vita*
1026. M. Higgins Clark, C. Higgins Clark, *Ti ho guardato dormire*
1027. J. Fletcher & D. Bain, *La Signora in Giallo - Gin & pugnali*
1028. S. King, *Tutto è fatidico*
1029. D. Steel, *Atto di fede*
1030. L. Schwartz, *Il cammino di Angels Crest*
1031. J. Siegel, *Derailed - Attrazione letale (Ultima corsa)*
1032. J. Kellerman, *Cuore freddo*
1033. I. Black, *Il fotografo*
1034. M. Higgins Clark, *La seconda volta*
1035. J. Higgins, *L'ultima sfida*
1036. R. Cook, *La cavia*
1037. J. Graham, *Quando sale la marea*
1038. J. Fletcher & D. Bain, *La Signora in Giallo - Omicidio in primo piano*
1039. G. Brayda, *L'anatra dalla testa bianca*
1040. F. Itani, *Il silenzio intorno*
1041. M. Binchy, *Notte di pioggia e stelle*
1042. J. Burdett, *L'uomo di Bangkok*
1043. S. Sheldon, *Hai paura del buio?*
1044. D. Koontz, *Il luogo delle ombre*
1045. T.C. Greene, *Per non dirle addio*
1046. L. Scottoline, *Processo alla difesa*
1047. L. Rice, *Un rifugio tra le tue braccia*
1048. T. Hoag, *Verità sospette*
1049. B. Taylor Bradford, *Una stella splende a Broadway*
1050. D. Steel, *Brilla una stella*
1051. D. Kennedy, *Polvere e stelle*
1052. AA.VV., *Giulia, Sofia, Caterina e le altre*
1053. J. Fletcher & D. Bain, *La Signora in Giallo - Delitto in maschera*
1054. B. Plain, *I nostri anni migliori*
1055. N. Sparks, *Come un uragano*
1057. M. Willett, *La spiaggia dei ricordi*
1058. S.K. Lynch, *Pane e cioccolato*
1059. M. Higgins Clark, *Una luce nella notte*
1060. J. Sandford, *Preda nuda*
1061. D. Kennedy, *Morte di un fotografo*
1062. R. McLarty, *Sognavo di correre lontano*
1063 S. King, *Buick 8*
1064 A. Grecchi, *L'età delle passioni*
1065. D. Steel, *Il bacio*
1066. B. Plain, *Solo per amore*
1067. K. Guilfoile, *Il creatore delle ombre*
1068. J. Kellerman, *Il lato oscuro*
1069. J. Fletcher & D. Bain, *La Signora in Giallo - Delitto à la carte*
1070. J. Higgins, *Atto finale*
1071. M. Guterson, *Qui tutto bene*

1072. I. Borrelli, *Tanto rumore per Tullia*
1073. B. Sherwood, *Ho sognato di te*
1074. G. Zevin, *Frammenti di una storia d'amore*
1075. S. Finnamore, *Prémaman a vita bassa*
1076. N. Sparks, *Un segreto nel cuore*
1077. S. Beauman, *Ritratto di ragazza*
1078. D. Kennedy, *Una donna tranquilla*
1079. D. Koontz, *Il volto*
1080. A. Appiano, *Scegli me*
1081. M. Binchy, *In viaggio verso casa*
1082. G. Magrini, *Amiche per sempre*
1083. B. Plain, *Il canto delle stelle*
1084. R. Cook, *Marker - Segnali d'allarme*
1085. J. Fletcher & D. Bain, *La Signora in Giallo - Assassinio in prima classe*
1086. D. Grespan, *Indagine su un amore*
1087. C. Higgins Clark, *Festa di nozze con brivido*
1088. M. Keyes, *Nemiche del cuore*
1089. S.-K. Lynch, *Latte e miele*
1090. L. Scottoline, *Il prezzo del silenzio*
1091. D. Steel, *Il Cottage*
1092. S. Casati Modignani, *Qualcosa di buono*
1093. B. Taylor Bradford, *Appuntamento a Parigi*
1094. C. Kelly, *Un posto tutto per noi*
1095. B. Samuel, *Il profumo delle ore*
1096. J. Sandford, *L'assassina*
1097. M. Higgins Clark, *Quattro volte domenica*
1098. P. Sykes, *Come divorziare da un miliardario*
1099. D. Steel, *Una preghiera esaudita*
1100. J. Sack, *Il sigillo di Dio*
1101. G. Heyer, *La carta vincente*
1102. G. Heyer, *Matrimonio alla moda*
1103. G. Heyer, *La pedina scambiata*
1104. G. Heyer, *Il Figlio del Diavolo*
1105. G. Heyer, *Il dandy della Reggenza*
1107. L. Moriarty, *Esprimi un desiderio, anzi tre*
1108. G. Heyer, *I cancelli dell'amore*
1109. J. Fletcher & D. Bain, *La Signora in Giallo - Dinner party con cadavere*
1110. M. Willett, *La luna d'inverno*
1111. S.K. Lynch, *Zenzero e cannella*
1112. J. Higgins, *L'ira di Allah*
1114. T. Stimson, *Un amante non è per sempre*
1115. G. Heyer, *Scambio di cuori*
1116. P. Gregory, *L'altra donna del re*
1117. M. Gayle, *Crisi di compleanno*
1118. J. Green, *Una di troppo*
1119. M. Keyes, *Speranze e bugie*
1120. S. Noort, *Il gusto amaro del tradimento*
1121. A. Grisendi, *Bellezze in bicicletta*
1122. B. Mills, N. Sparks, *Il bambino che imparò a colorare il buio*
1123. R.J. Waller, *La strada dei ricordi*
1124. T.C. Greene, *Lontano da niente*
1125. A. Appiano, *Le vie delle signore sono infinite*
1126. J. Green, *Jemima J., un @more nella rete*
1127. S. O' Flanagan, *Amore a prima vista*
1129. D. Koontz, *Velocity*
1130. J. Fletcher & D. Bain, *La Signora in Giallo - Long drink con delitto*
1131. G. Heyer, *Doppio misto con la morte*
1132. G. Heyer, *Delitto imperiale*
1133. C. Higgins Clark, *Crimini in prima serata*
1134. S. Sheldon, *Una stella continua a brillare*
1135. N. Sparks, *Quando ho aperto gli occhi*
1136. G. Magrini, *Nelle mie mani*
1137. S. King, *Torno a prenderti*
1139. J. Kellerman, *Subito dopo mezzanotte*
1140. D. Steel, *Tramonto a Saint-Tropez*
1141. L. Scottoline, *La morte del cliente*
1142. B. Taylor Bradford, *Una promessa dal passato*
1143. T. Perry, *Quattro sorelle e un funerale*
1144. C.J. Sansom, *L'enigma del gallo nero*
1147. E. MartÍn, A. Carranza, *La chiave Gaudí*
1148. M. Higgins Clark, *La notte mi appartiene*
1149. J. Sandford, *Il piacere di uccidere*
1150. J. Hill, *La scatola a forma di cuore*
1153. S. King, *La storia di Lisey*

Gentile lettore,

la ringraziamo per aver scelto uno dei libri della linea Economica.

Per poter soddisfare sempre meglio le sue esigenze e i suoi gusti, le chiediamo di voler gentilmente compilare il seguente questionario. Se ci fornirà anche il suo indirizzo, le invieremo le informazioni relative alle nuove pubblicazioni del gruppo Sperling & Kupfer e alle iniziative speciali rivolte ai nostri lettori. Se invece preferisce registrarsi sul nostro sito www.sperling.it, riceverà nella sua casella e-mail la nostra newsletter informativa.

Ho trovato questo questionario nel volume dal titolo

....

Ho acquistato questo volume

☐ in libreria ☐ in edicola ☐ al supermercato

Numero libri acquistati in un anno: ....

Il mio autore preferito è: ....

Il mio genere preferito è

☐ Narrativa ☐ Narrativa per ragazzi
☐ Thriller ☐ Saggistica
☐ Narrativa al femminile ☐ Business

INFORMAZIONI ANAGRAFICHE

Età: Sesso: ☐ M ☐ F

Professione: ....

FACOLTATIVO

Nome ....
Cognome ....
Via .... n. ....
Città .... Provincia .... CAP ....
E-mail ....
....

Informativa ai sensi dell'art. 13 D. Lgs n. 196/2003
I suoi dati saranno trattati da Sperling & Kupfer Editori S.p.A. e dalle società con essa in rapporto di controllo e collegamento ai sensi dell'art. 2359 cod. civ. – titolari del trattamento – per evadere la sua richiesta di invio di materiale d'informazione libraria delle titolari e più in generale per finalità di marketing, attività promozionali, offerte commerciali e per indagini di mercato da parte delle stesse titolari.
Nome, cognome, indirizzo sono indispensabili per il suddetto fine. Il suo indirizzo di posta elettronica è necessario solo se desidera ricevere via mail i suddetti materiali.
Inoltre, previo suo consenso, i suoi dati potranno, altresì, essere comunicati a soggetti operanti nei settori editoriale, largo consumo e distribuzione, vendita a distanza, arredamento, telecomunicazioni, farmaceutico, finanziario, assicurativo, automobilistico, e a enti pubblici e Onlus, per propri utilizzi aventi le suddette medesime finalità.
Responsabile del trattamento è il Responsabile Dati presso Sperling & Kupfer Editori S.p.A. L'elenco completo e aggiornato delle società in rapporto di controllo e collegamento ai sensi dell'art. 2359 cod. civ. con Sperling & Kupfer Editori S.p.A., delle aziende terze a cui i dati possono essere comunicati e dei responsabili è disponibile al seguente indirizzo e-mail: privacy@mondadori.com.
I suoi dati saranno resi disponibili agli incaricati preposti alle operazioni di trattamento finalizzate all'elaborazione e gestione dei dati.
Ai sensi dell'art. 7 D. Lgs. n. 196/2003, potrà esercitare i relativi diritti, fra cui consultare, modificare e cancellare i suoi dati o opporsi al loro trattamento scrivendo a Sperling & Kupfer Editori S.p.A. Ufficio Promozione - Via Marco d'Aviano 2 - 20131 Milano.
Acconsente che i suoi dati siano comunicati ai suddetti soggetti terzi e da questi utilizzati per le finalità e secondo le modalità illustrate nell'informativa? sì ☐ no ☐

La preghiamo di tagliare lungo la linea tratteggiata e di inviare in busta chiusa e affrancata a:

Sperling & Kupfer Editori S.p.A. Ufficio Promozione
Via Marco d'Aviano 2 - 20131 Milano

Finito di stampare nel gennaio 2009
presso la Mondadori Printing S.p.A.
Stabilimento N.S.M. di Cles (TN)
Printed in Italy

Prova d'acquisto
978-88-6061-295
2009